EU ESTOU AQUI

Clélie Avit

EU ESTOU AQUI

Tradução de
MARCOS MARCIONILO

FÁBRICA231

Título original
JE SUIS LÀ
Roman

© Éditions Jean-Claude Lattès, 2015

FÁBRICA231
O selo de entretenimento da Editora Rocco Ltda.

Direitos para a língua portuguesa reservados
com exclusividade para o Brasil à
EDITORA ROCCO LTDA.
Av. Presidente Wilson, 231 – 8º andar
20030-021 – Rio de Janeiro – RJ
Tel.: (21) 3525-2000 – Fax: (21) 3525-2001
rocco@rocco.com.br
www.rocco.com.br

Printed in Brazil / Impresso no Brasil

CIP-Brasil. Catalogação na fonte.
Sindicato Nacional dos Editores de Livros, RJ.

A973e   Avit, Clélie
          Eu estou aqui / Clélie Avit; tradução de Marcos
       Marcionilo. – 1ª ed. – Rio de Janeiro: Fábrica231, 2016.

          Tradução de: Je suis là: Roman.
          ISBN 978-85-68432-74-7 (brochura)
          ISBN 978-85-68432-80-8 (e-book)

          1. Romance francês. I. Marcionilo, Marcos. II. Título.

16-34003   CDD–843
                                              CDU–821.133.1-3

Este livro foi impresso na Editora JPA Ltda.
Av. Brasil, 10.600 – Rio de Janeiro – RJ
para a Editora Rocco Ltda.

I.

Elsa

Estou com frio. Com fome. Tenho medo.
Isso é, pelo menos, o que acho.
Faz vinte semanas que estou em coma e imagino que deva estar com frio, fome e medo. Isso não tem o menor sentido, porque se tem alguém que deve saber o que estou sentindo, esse alguém sou eu, mas aí... O que posso fazer é imaginar.
    Sei que estou em coma porque ouvi alguém dizendo isso. Vagamente. Deve fazer cerca de seis semanas que "ouvi" pela primeira vez. Isso se eu estiver fazendo as contas direito.
    Vou contando o tempo como posso. Deixei de contar pelas vindas do médico. Ele quase não aparece mais. Prefiro contar pelos plantões das enfermeiras, mas elas também são muito inconstantes. O mais simples é con-

tar pelos turnos da faxineira. Ela entra em meu quarto todas as noites por volta de uma hora da madrugada. Sei disso porque ouço o jingle do rádio preso em seu carrinho. E eu já ouvi isso quarenta e duas vezes.
Seis semanas faz que estou desperta.
Seis semanas que ninguém se dá conta disso.
É evidente que eles não vão me passar pelo scanner o tempo todo sem parar. Se o sensor que faz "bip" na minha cabeceira não quis mostrar que meu cérebro está de novo em condições de fazer a audição funcionar, eles não vão arriscar enfiar minha cabeça em um tubo de mais de três milhões de reais.
Todos acham que não tenho mais cura.
Até meus pais estão desistindo de mim. Minha mãe vem cada vez menos. Parece que meu pai deixou de vir depois de uns dez dias. Só minha irmã mais nova vem regularmente, toda quarta-feira, às vezes com seu ficante de plantão.
Minha irmã parece uma adolescente. Ela tem vinte e cinco anos e muda de namorado toda semana. Eu adoraria fazer uns cafunés na cabeça dela, mas, como não posso, eu a escuto falar comigo.
Se há um negócio que os médicos adoram repetir é: "Converse com ela." Cada vez que escuto algum médico dizer isso (claro que estou falando de algo cada vez mais raro, porque eles passam aqui cada vez menos), tenho vontade de fazer com que ele engula o jaleco ver-

de. Aliás, nem sei se eles usam jaleco na UTI, mas imagino que seja um jaleco verde.

Imagino um monte de coisas.

Para dizer a verdade, só faço isso. Porque, de tanto ouvir minha irmã me contar suas histórias amorosas, eu sinto tédio.

Minha irmã não chega a ser incômoda, mas ela se repete bastante. Sempre o mesmo começo, o mesmo meio e o mesmo fim. A única coisa que muda é a cabeça do cara. Eles são todos estudantes. Todos motoqueiros. Todos têm um jeito esquisito, mas disso ela não se dá nem conta. Eu nunca disse isso a ela. Se eu conseguir sair desse coma algum dia, vou ter de dizer. Talvez isso lhe seja de alguma utilidade.

Mas com minha irmã, tenho pelo menos uma vantagem. É quando ela me descreve o que está ao meu redor. Isso leva só uns cinco minutos. Os cinco primeiros minutos depois que ela entra em meu quarto. Ela me fala da cor das paredes, do tempo lá fora, da saia da enfermeira por baixo do jaleco e do jeito rabugento do maqueiro com o qual ela cruzou ao chegar. Minha irmã mais nova faz artes plásticas. Por isso, quando ela me descreve isso tudo, acho até que estou lendo um poema em imagens. Mas isso dura apenas cinco minutos. Depois disso, tenho de encarar uma hora de romance açucarado.

Parece que hoje o dia está cinzento e que isso torna as paredes leitosas de meu quarto ainda mais horríveis do que já são. A enfermeira está vestindo uma saia bege, numa tentativa de alegrar o conjunto. E o cara do momento se chama Adrien. Desliguei depois do "Adrien" e só voltei ao recinto quando a porta se fechou.

De novo só.

Faz vinte semanas que estou só, faz apenas seis semanas que tomei consciência disso. Mesmo assim, tenho a impressão de que já se passou uma eternidade. Talvez isso tudo corresse mais depressa se eu dormisse com maior frequência. Enfim, se meu espírito se desligasse. Mas eu não gosto de dormir.

Não sei se tenho alguma influência sobre meu corpo. Mas estou sempre ou "ligada" ou "desligada", como um aparelho elétrico. Meu espírito faz o que quer. Sou inquilina de meu próprio corpo. E não gosto de dormir.

Não gosto de dormir porque, quando durmo, sou mais inquilina ainda; espectadora é o que sou. Vejo todas essas imagens desfilarem diante de mim sem ter como expulsá-las rapidamente me acordando, transpirando ou me debatendo. O que posso fazer é vê-las passar e esperar até o fim.

Toda noite é a mesma coisa. Toda noite o mesmo sonho. Toda noite revivo o acontecimento que me trouxe para cá, para este hospital. E o pior da história é que fui eu mesma que me pus nessa situação. Eu sozinha. Eu e minha estúpida paixão pelo gelo, como dizia meu pai. Aliás, foi por isso que ele deixou de vir me ver. Ele deve estar achando que fui eu que procurei isso. Ele nunca entendeu por que eu amava tanto a montanha. E sempre me dizia que ela ainda ia arrancar meu couro. Com meu acidente, ele tem certamente a impressão de ter vencido a discussão. Eu, no entanto, não acho que perdi, nem acho que ganhei. Não tenho posição nenhuma a respeito. Tudo o que quero é sair desse coma.

Quero ter frio, ter fome e ter medo de verdade.

É muito louco ver o que podemos entender de nosso corpo quando estamos em coma. Entendemos realmente que o medo é uma reação química. Porque eu poderia ficar aterrorizada quando revivo, toda noite, meu pesadelo, mas não, fico ali vendo. Eu me vejo levantando às três horas da madrugada no dormitório do campo base e acordando meus companheiros de escalada. Eu me vejo tomando café às pressas, hesitando como sempre em beber um chá para não ficar com a bexiga cheia na geleira. Eu me vejo vestindo metodicamente cada camada de roupa dos pés até a cabeça. Eu me vejo fechando meu casaco corta-vento, enfiando minhas luvas, ajustando minha lâmpada frontal e repassando meus crampons. Eu me vejo rindo com meus companheiros, meio acordados, meio dormindo também, mas inundados de alegria e de adrenalina. Eu me vejo ajustar minha cadeira de escalada, lançar a corda para Steve, fazer meu nó de oito.

Maldito nó de oito.

O nó que fiz incalculáveis vezes.

Naquela manhã, não pedi a Steve que o verificasse porque ele estava contando uma piada.

Mas parecia que estava bem-feito.

Mas não posso me antecipar. Então me vejo enrolar a sobra de corda em uma das mãos, pegar minha picareta com a outra e abrir trajeto.

Eu me vejo respirar, sorrir, tremer, andar, andar, andar, andar mais. Eu me vejo avançando a passos calculados. Eu me vejo dizendo a Steve para prestar atenção à ponte de neve na fenda logo acima. Eu me vejo apertando os dentes para eu mesma passar por aquele trecho delicado e respirar de alívio já do outro lado. Eu me vejo fazendo piada com a facilidade da coisa.

E vejo minhas pernas me faltarem embaixo de mim.

A sequência, eu já sei de cor. A ponte de neve era uma placa imensa. Era eu a única que ainda estava ali em cima. A neve escorrega debaixo de mim e vou embora com ela. Sinto o impacto da corda estirada me prendendo a Steve, como dois gêmeos em torno de um cordão umbilical. Sinto inicialmente o alívio me invadir, depois o medo, quando a corda se estica alguns centímetros. Ouço a voz de Steve, que se crava ao gelo com crampons e picaretas. Capto instruções vagamente, mas a neve continua desabando em cima de mim, pesando sobre meu corpo. Pouco a pouco, a tensão em torno de minha cintura vai relaxando, o nó se solta e eu desabo.

Mas não para muito longe. Duzentos metros talvez. A neve me recobre por todos os lados. Sinto uma dor terrível na perna direita e meus pulsos parecem ter ganhado ângulos estranhos.

Tenho a impressão de adormecer por alguns segundos, depois desperto, mais alerta que nunca. Meu coração disparado a cem por hora. Estou em pânico. Tento me acalmar. Difícil. Não consigo mover uma só parte de meu corpo. A pressão é muito grande.

Tenho dificuldade para respirar, mesmo com os poucos centímetros quadrados de vazio diante de mim. Abro um pouco a boca, e é com mais dificuldade ainda que encontro forças para tossir. Minha saliva escorre pelo lado direito do rosto. Devo estar deitada de lado. Fecho os olhos e tento me imaginar em minha cama. Simplesmente impossível.

Ouço passos acima de mim. Ouço a voz de Steve. Sinto tanta vontade de gritar. De dizer a ele que estou aqui, exatamente debaixo de seus pés. Ouço também outras vozes. Com certeza são os alpinistas que tínhamos ultrapassado um pouco antes. Eu queria soprar meu apito, mas para isso teria de poder mexer a cabeça, algo impossível! Então espero, congelada, petrificada. Aos poucos, os barulhos se diluem. Não sei se é porque eles estão se afastando ou porque estou adormecendo, só sei que tudo escurece.

Depois disso, a única coisa de que me lembro é a voz do médico dizendo a minha mãe que ainda há formulários que precisam ser preenchidos, visto que acabam de me trocar de quarto, porque, a senhora entende, não é?, depois de catorze semanas, a equipe médica não pode mais fazer lá grande coisa.

Depois, entendi que eu só podia ouvir. Meu espírito se preparou para chorar, mas, é claro, não consegui. Não cheguei a sentir nem tristeza. E continuo sem sentir.

Sou um casulo vazio. Não! Eu moro em um casulo vazio.

Talvez seja mais bonito dizer: uma crisálida em um casulo alugado. Eu queria muito sair dele, uma forma de dizer que também sou proprietária.

2.

Thibault

— Me deixe em paz, eu lhe peço!
— Você não irá a lugar nenhum enquanto não for vê-lo.
— Me deixe! Já tentei quinze vezes, e isso não muda absolutamente nada. Ele é abominável, infecto, vulgar e grosseiro. Parece um desenho animado de má qualidade. Isso não me interessa.
— Ele é seu irmão, merda!
— Era meu irmão antes de atropelar aquelas duas garotas. O destino, no mínimo, o reprovou. Teria sido melhor que ele tivesse morrido como elas, mas, no limite, isso lhe serviu como uma bela punição.
— Puta merda, Thibault, escute! Você não está refletindo sobre o que está dizendo.
Fico paralisado. Faz um mês que repito o mesmo papo para todo mundo, e meu primo ainda acha que

digo isso por apreensão. Não estou mais apreensivo. Estava no começo, quando ligaram do hospital, quando minha mãe desmaiou no piso da cozinha, quando corríamos no carro velho de meu primo acima de todos os limites de velocidade. Estive apreensivo até o momento em que vi um policial na porta do quarto de meu irmão no hospital. A partir daquele momento, só tive raiva.

– Sim, eu penso em cada uma de minhas palavras.

Pronunciei esta última frase em um tom glacial. Pelo visto, meu primo não esperava que eu dissesse aquilo. Ele também parou no corredor. Eu sei que minha mãe já está no quarto 55.

Algumas enfermeiras passam por nós, imperturbáveis. Olho para meu primo. Ele está morto de vergonha.

– Pare de dar uma de louco e de me encher o saco. Invente o que quiser para dizer a minha mãe. Encontro você na saída.

Me viro, empurro o trinco da porta à direita que leva à escada e a deixo explodir às minhas costas. Ninguém nunca usa as escadas em um hospital. Então, fecho os olhos, me encosto à parede e depois, lentamente, me deixo escorregar até o chão.

O frio do concreto encerado atravessa meu jeans, mas não estou nem aí. Meus pés já estão gelados por causa do trajeto num carro sem aquecimento; minhas mãos devem estar roxas. Consigo até imaginar a cor que terão nesse inverno, se eu continuar esquecendo minhas luvas toda vez que sair. E ainda estamos no outono, pelo menos oficialmente, mas já se sente o cheiro de inverno no ar. E eu sinto a bile subindo até o fundo da garganta, como me acontece toda vez que ponho os pés neste hospital. Eu queria vomitar meu irmão, vomitar o acidente dele e vomitar o álcool que ele exalava um dia depois de ter atropelado as duas garotas. Mas minha garganta se contenta em se contrair em espasmos, sem que nada saia dali. Genial! Vomito ar.

O cheiro de hospital invade minhas narinas. Curioso! Geralmente o cheiro é menos forte nas escadas. Abro os olhos para ver se algum médico não teria deixado cair algum troço e solto um palavrão.

Errei de porta, estou em um quarto. Devo ter confundido o símbolo da saída de emergência com uma placa qualquer na porta. Quero sair daqui antes que a pessoa que está deitada no leito desperte.

Do lugar onde estou, só vejo a parte inferior das pernas. Depois, vejo o lençol rosa que as cobre. Realmente dá para sentir o cheiro químico de hospital, mas algo diferente prende minha atenção. Sinto um cheiro a mais, um treco que não tem nada a ver com os remédios, nem com a assepsia constante dos lugares. Fecho os olhos para me concentrar.

Jasmim! O cheiro é de jasmim. Não é um cheiro qualquer. Tenho certeza, é o mesmo cheiro do chá que minha mãe bebe todo dia de manhã.

Estranho, a batida de porta não acordou a pessoa. Talvez ela ainda esteja dormindo. Não distingo se é homem ou mulher, mas, por causa do cheiro, acho que é uma mulher. Nenhum cara que eu conheça usaria um perfume de jasmim.

Me aproximo mansamente, escondido como um moleque atrás da porta do banheiro. O cheiro de jasmim vai ficando mais forte, me debruço para ver.

Uma mulher. Nada de inesperado, no fim das contas, mas eu tinha a impressão de que precisava dessa confirmação. Ela está dormindo. Perfeito. Vou conseguir sair sem provocar nenhum incidente.

Passando para o outro lado, vejo meu reflexo no espelhinho preso na parede. Meus olhos parecem assustados, cabelos em total desalinho. Minha mãe diz o tempo todo que eu poderia ser mais elegante se me desse ao trabalho de penteá-los. E sempre digo a ela que não tenho tempo para essas coisas. É quando ela contra-ataca dizendo que as garotas ficariam mais felizes se eu ajeitasse o matagal castanho de minha cabeça. Nesse caso, explico a ela que tenho mais o que fazer do que correr atrás de meninas... É quando ela geralmente para de falar.

Depois que Cindy e eu nos separamos, isso faz um ano, me afogo no trabalho. É preciso dizer que seis anos de vida em comum têm todo um impacto sobre a personalidade de qualquer um. Levei um golpe monumental quando ela foi embora. Desde então, estou me recuperando. Por isso meus cabelos são a última coisa que me interessa.

Também estou barbudo. Aquela barbinha de dois dias, na verdade. Nada de muito assustador, mas minha mãe ainda diria que posso ficar melhor. Quem me ouve acha que moro com ela. Não! Tenho meu apartamento pequenininho, uma quitinete no terceiro andar de um prédio sem elevador. Bem simpático e com um preço de aluguel que dá para encarar. Por isso minha mãe se preocupa ao me ver frequentemente acampado na sala da sua casa. Depois que meu pai se separou dela, minha mãe também se mudou para um lugar onde não dá para ter quarto de hóspedes. De todo modo, fui eu quem comprou o sofá. Eu tinha a intenção de usá-lo em caso de necessidade. Isso dois meses antes de Cindy ir embora.

Esfrego com força minhas bochechas, como se isso pudesse me esquentar os dedos. Pego o colarinho da camisa que está embaixo de meu pulôver e o puxo para cima, tentando lhe dar um jeito apresentável. Não posso acreditar que eu tenha me vestido assim, no trabalho, um expediente inteiro, sem ninguém fazer um único comentário. Devem ter entendido que era quarta-feira, dia de visita. Devem ter visto meu olhar e decidido ficar calados. Por educação. Por indiferença. Ou porque esperam apenas uma coisa: que eu seja demitido para ocuparem meu posto.

Depois que insultei Cindy pelos corredores, berrando que ela trepava com o chefe, recebi forçosamente algumas advertências, mas desde que ela foi transferida para outra sucursal, me tornei um dos melhores funcionários. Por isso não querem me perder.

No espelho, meus olhos cinza olham para mim. É como se estivessem embaçados quando comparados a meus cabelos pretos. Passo a mão na cabeça tentando fazer os gostos de minha mãe, mas paro imediatamente. Para quê, né? Não estou procurando ninguém mesmo!

Um barulho chama minha atenção para a janela. Merda! Começou a chover. E estou sem a menor vontade de ficar gelando do lado de fora esperando minha mãe e meu primo. Olho em torno de mim. Pensando bem, este quarto aqui está confortavelmente aquecido. A pessoa ainda está dormindo e, observando os móveis perfeitamente limpos, ela parece não receber visitas com grande frequência. Fico pensando se isso seria certo.

Se a pessoa acordar, sempre posso inventar que acabei de entrar e que errei de quarto. Se alguém vier visitá-la, posso afirmar que sou um velho amigo e sumir. Mas seria preciso saber pelo menos o nome dela.

O prontuário ao pé do leito indica: "Elsa Bilier, 29 anos, traumatismo craniano, traumatismos severos nos punhos e no joelho direito. Contusões múltiplas, fratura do perônio em recuperação." A lista vai seguindo nessa toada, até o registro de uma das palavras mais horríveis jamais ouvidas sobre este planeta.

"Coma."

Realmente, eu não corro o risco de acordá-la.

Baixo o prontuário e olho para a mulher. Vinte e nove anos. Nessa posição, com perfusões e fios por todos os lados, ela se parece mais com uma mulher de uns quarenta anos presa numa teia de aranha. Mas, me aproximando um pouco mais, eu lhe dou suas vinte e nove primaveras. Lindo rosto afilado, cabelos castanhos, algumas sardas perdidas cá e lá, um sinal perto da orelha direita. Só os braços bem magros que saem dos lençóis e a fundura das bochechas me fariam pensar diferente.

Olho de novo o prontuário, e minha respiração para.

Data do acidente: 10 de julho.

Faz cinco meses que ela está nesse estado. Eu devia baixar o prontuário, mas a curiosidade me corrói.

Causa do acidente: avalanche em montanhismo.

Tem louco por todo lado. Nunca entendi por que tem gente que vai se ferrar nas geleiras, essas massas congeladas cheias de buracos e de falhas onde você pode morrer a cada passo que se arrisca a dar. Ela deve estar mortalmente arrependida agora. Bem, isso é só maneira de falar. Com certeza, ela não tem consciência do que está lhe acontecendo. Esse é o princípio do coma. Você está muito longe sem saber onde.

De repente, tive uma vontade louca de fazer meu irmão e essa garota trocarem de situação. Ela se ferrou embaixo do gelo sozinha. Não fez mal a ninguém. Pelo menos é o que acho. Já meu irmão tinha bebido demais e pegou o volante. Ele matou duas garotas de quatorze anos. Ele é quem deveria estar em coma. Não ela.

Olho uma última vez para o prontuário antes de baixá-lo.

Elsa. 29 anos (nascida no dia 27 de novembro).

Puta que o pariu! O aniversário dela é hoje!

Não sei por que faço isso, mas pego o lápis-borracha preso ao prontuário e apago o 29. Faço um pouco de sujeira, mas isso pouco importa.

— Minha linda, você está completando trinta anos hoje — digo baixinho, escrevendo o novo número antes de devolver o prontuário ao suporte.

Olho para ela outra vez. Algo me incomoda e, naquele momento, entendo o quê. De tanto ficar amarrada a todos aqueles aparelhos, ela está ficando feia. Se eu desligasse tudo, ela se pareceria quase com uma flor de jasmim, com o odor que persiste no quarto. Há toda uma discussão nesse momento sobre o "desligar", "não desligar". Ainda não tenho opinião formada sobre isso. Aqui, eu queria desligar tudo apenas para torná-la natural.

— Olhe como você é linda, tem direito a um beijo de aniversário.

Minhas palavras até me surpreendem, mas eu me empenho em afastar alguns dos tubos que obstruem meu acesso ao rosto da moça. De uma distância tão pequena, o jasmim é claramente reconhecível. Aproximo os lábios de sua face quente, e é como se eu recebesse uma descarga elétrica.

Faz um ano que não beijo uma mulher, exceto os beijos dados no rosto das colegas. Não há nada de sensual nem de sexual no que acabo de fazer, mas, puxa!, acabo de roubar um beijo no rosto de uma mulher. A ideia me faz sorrir e eu me afasto.

— Você tem sorte, ainda está chovendo. Vou ficar lhe fazendo companhia, flor de jasmim.

Puxo a cadeira e me sento. E não levo mais que dois minutos para pegar no sono ali mesmo.

3.
Elsa

Eu queria tanto sentir alguma coisa. Mas nada. Nada, nada, nada. Não sinto absolutamente nada.

E mesmo assim, se for para acreditar no que estou ouvindo, faz dez minutos que alguém entrou em meu quarto. Um homem. Acho que de uns trinta anos. Não fumante, pelo tom de voz. Mas isso é tudo o que consigo dizer dele.

E só posso acreditar mesmo quando ele diz que me beijou no rosto.

Eu podia esperar o quê? Dar uma de Branca de Neve?

O príncipe encantado chega, me beija e, tã-tã-tã-tã! "Bom dia, Elsa, eu sou Fulano, blá-blá-blá, eu acordei você e agora vamos ali nos casar."

Se eu tivesse acreditado nisso, teria sofrido uma decepção cruel, porque nada disso aconteceu. Tudo é muito menos interessante. E resumo assim: "Sou um cara que se enganou de quarto (enfim, é o que suponho, porque senão não vejo como ele teria aterrissado aqui) esperando a tempestade passar" (algo de que me dei conta há poucos instantes). E que já respira profundamente.

Sou curiosa. A curiosidade não é uma coisa química, ainda consigo saber o que ela é. Portanto, tenho curiosidade de saber quem é que está sentado na cadeira ao meu lado. Não tenho como encontrar essa resposta. Por isso me contento em imaginar. Mas logo deixo isso para lá. Até agora, além dos médicos, das enfermeiras e da faxineira, ninguém que eu conheça entra neste quarto. De vez em quando, eu ficava pensando na roupa que ele estaria vestindo... Nada mais. Mas estou realmente incomodada; além da voz dele, não tenho nenhuma outra pista.

Eu a considero muito agradável, por sinal. De fato, isso muda tudo. É a primeira voz nova que ouço em seis semanas e acho que, mesmo se ela fosse rouca ou banal, eu a teria amado do mesmo jeito. Os namorados de minha irmã nunca abrem a boca. A única coisa que percebo deles é, eventualmente, alguma troca de saliva com ela ou então eles ficam no corredor. Mas essa voz nova tem mesmo um timbre particular, algo que mistura, ao mesmo tempo, leveza e paixão.

Isso me permitiu confirmar que dia é hoje com mais facilidade.

De fato, faz cinco meses que estou aqui e, ao que tudo indica, hoje seria meu aniversário.

A única coisa que me surpreende é minha irmã não ter me parabenizado. Talvez ela tenha achado que era inútil. Ou talvez tenha simplesmente esquecido. Eu queria poder sentir raiva dela, mas não consigo. Mas trinta anos têm de ser festejados, não é?

Algo se mexe na cadeira ao meu lado. Ouço um tecido deslizando e reconheço o barulho de alguém tirando um pulôver. Eu o ouço bloquear a respiração durante o tempo necessário para passar a gola pela cabeça, os pequenos sobressaltos em seu fôlego para tirar os braços das mangas e liberar o busto. Escuto quando o pulôver é posto em um canto, depois, de novo, a respiração regular.

Estou tensa. Ou, pelo menos, me agrada imaginar que estou. Todas as partes ainda ativas em mim, a saber, apenas minha audição, estão debruçadas sobre essa novidade como se estivessem debruçadas sobre um bote salva-vidas. Então, escuto, escuto, escuto. E, pouco a pouco, começo a desenhar em minha cabeça.

A respiração dele está tranquila. Deve ter adormecido. O barulho de chuva na janela é leve, e posso distinguir o barulhinho que a camiseta dele faz contra o plástico da cadeira. Ele não deve ser corpulento, senão não respiraria assim. Tento comparar com pessoas que conheço, mas não é sempre que se pode escutar alguém respirando. Às vezes eu fazia isso com meus ex, quando acordava antes deles. Alguns diziam que isso era ridículo e, em geral, eu não ficava muito tempo com eles. Lembro um cara que respirava em três tempos. Eu quis rir no ato, mas me segurei para não despertá-lo. Esse também não durou nada.

De todo modo, minhas histórias de amor são especialmente caóticas. Muito menos numerosas e frequentes que as de minha irmã. Me lembro de umas dez. Algumas curtas, outras bem mais longas. Agora estou solteira. O que é bem melhor porque nem sei como algum cara teria reagido diante de meu coma. Ele me deixaria logo de início? Me esperaria? Teria ido em frente sem me dizer nada? Teria escutado os médicos e teria vindo conversar comigo para me dizer que estava tudo acabado? Isso não lhe custaria muito porque estaria convencido de que eu não ouviria nada. E estaria certo no que se refere a minhas primeiras catorze semanas de coma.

Portanto, solteira e muito aliviada com isso. Já é suficientemente difícil ouvir minha mãe chorando toda vez que vem me visitar – não tenho necessidade de repetir essa experiência com mais ninguém.

Enquanto todas essas lembranças me atravessam, fico concentrada em meu visitante casual. A respiração dele ficou mais pesada. Ele está dormindo mesmo. Me concentro totalmente nele. Não quero que o tempo passe. Essa é a única distração, a única novidade, quase a única coisa que me lembra de que estou viva de verdade em alguma parte.

Porque não dá para dizer que a regularidade de minha irmã, das enfermeiras e as lágrimas de minha mãe me alegrem. Isso agora é como um seixo atirado na água. Isso vem mudar toda a situação. Isso me faria vibrar se eu pudesse me mexer.

Quero que o tempo pare, mas o tempo não para. Tudo o que tenho é essa rápida dormidinha que ele se permite em meu quarto. Quando ele se for, tudo voltará a ser como antes. Tudo o que terei terá sido um presente no dia de meu aniversário. Queria sorrir quando penso o que estou pensando.

De repente, o trinco da porta geme. Ouço vozes e todo o meu ser ilumina desde o interior. Reconheço Steve, Alex e Rebecca. Eles parecem estar em muito boa forma e conversam alegremente. Bruscamente, tenho vontade de mandá-los se calarem para não acordarem meu visitante. Mas, como sempre, não posso fazer nada e, ao final das contas, estou ardendo de curiosidade para saber como meu desconhecido vai explicar sua presença.

O barulho de passos e o volume sonoro das vozes me indicam que meus três amigos se aproximam e, depois, que eles param de repente.

— Vejam, tem alguém aqui! — exclama Rebecca.

— Você o conhece? — pergunta Alex.

Imagino que Rebecca diga não com a cabeça. Eu os ouço contornando a cadeira e os imagino se debruçando sobre meu visitante.

— Bom! Ele está dormindo — diz Rebecca. — Vamos deixá-lo assim?

— Não! Vamos dizer pra ele cair fora — decide Steve.

— Mas ele não está incomodando ninguém — observa Rebecca. — E se ele for um amigo de Elsa pode festejar conosco, o que acha?

— Sei lá...

Imagino a feição resmungona de Steve. Sei que, anos atrás, ele tinha uma quedinha por mim. Meninas que praticam montanhismo não são muito comuns, mesmo que você more na montanha. Rebecca parou faz três anos, ela começou a ter muito medo. Talvez eu devesse ter lhe dado ouvidos quando ela tentou me convencer a fazer o mesmo. Mas não, eu estava muito fissurada. De repente, Steve se apaixonou do nada. Mas, nessa época, eu estava namorando; por isso eu o fiz entender que estava procurando um companheiro de corda. Meus outros amigos eram muito grandes para meu tamanho, eu precisava de alguém com volume corporal equivalente. Steve era notavelmente proporcional. Éramos uma dupla e tanto!

A partir do momento em que minha recusa ficou clara, ele assumiu o papel do irmão mais velho. É muito agradável para alguém que sempre foi a mais velha poder se sentir protegida por alguém. Especialmente porque Alex e Rebecca estão juntos, então Steve dobrou todas as suas atenções para comigo.

E agora é exatamente essa a atitude que ele está para tomar. O irmão mais velho que não quer que alguém toque em sua irmãzinha.

– Vamos, Steve – começa Alex. – O que é que você quer que aconteça num hospital? Ele deve ser um amigo de Elsa, só isso! Pegou no sono. Não vamos fazer disso um cavalo de batalha. A dúvida é só se o acordamos ou se começamos a festa sem ele.

– Acho que ele acaba de tomar essa decisão por nós – destaca Rebecca.

E realmente ouço meu visitante acordando. Visualizo seus olhos se abrindo, se focando no ambiente, e tenho vontade de rir quando percebo sua surpresa ao ver três pessoas ali olhando para ele.

– Quem é você?

Steve não perdeu tempo. Aposto que ele está a dez centímetros do rosto do desconhecido, com os olhos apertados imitando o raio laser do Super-Homem. Conto até cinco antes que meu desconhecido responda. Sua voz continua melodiosa.

— Um amigo.
— Sei...
— Sim, garanto a você que sou um amigo.

Confirmação, ele deve ter uns trinta anos. Do contrário, não teria tratado Steve por "você".

— Não acredito.
— Steve — interrompe Alex. — Pare com isso.
— Não o conheço e não vejo o que ele possa estar fazendo aqui — responde Steve. — E já que é um rolo conseguir credencial para entrar nesta ala do hospital sem passar por mil raios X, quero saber quem ele é e o que está fazendo aqui!
— Justamente por isso é que ele não pode estar fazendo nada de errado aqui!
— Será?...

Meu desconhecido se endireita e pega sua malha.

— Você não sabe dizer nada além de "sei...", "será?..."

Ora, ora! O desconhecido não sabe onde está se metendo. Eu gostaria de alertá-lo, mas agora é tarde demais. Do que consigo entender, Steve o pegou pelo colarinho e o levantou da cadeira.

— Quem você pensa que é?
— Para com isso, Steve! — grita Rebecca.

— Merda! Quem é esse cara? — repete Steve.

— Solte o cara! — acrescenta Alex. — E peça desculpas porque, senão, vamos ter encrenca.

Alex, cavaleiro valente. Entendo por que Rebecca se apaixonou por ele.

— Perdão! — declara mansamente meu visitante. — Pode me soltar agora?

Ouço o grunhido de Steve e seu movimento quando ele solta o desconhecido. Entendo que, em seguida, ele se sentou no leito, ao meu lado. Os lençóis se amassam perto de minha orelha.

— Sinto muito, Elsa — murmura Steve me acariciando os cabelos. — Bonito, né? Essa confusão toda em seu aniversário?

Ouço lágrimas na voz dele durante alguns segundos. Ele continua se culpando por não ter verificado meu nó, por não ter sido forte o suficiente para me segurar e me impedir de ser arrastada pela avalanche.

Pelo que pude entender, foi ele quem me resgatou debaixo da neve. O médico disse que isso foi um milagre. Mas eu sei que é a ligação que tenho com ele que nos ajudou. Um grande irmão é alguém que protege sempre.

Mas hoje tenho de reconhecer que ele foi um pouco longe demais!

— Bom! Elsa, trouxemos bolo, as trinta velas que você, com certeza, não ia querer soprar, mas tanto faz, porque vou forçá-la a soprar de qualquer jeito, e mais um presentinho de quebra.

O tom de Rebecca me aquece (*imagino* que ele me aquece). Ela desembala o conteúdo de um saco plástico e, certamente, Alex é quem a ajuda a montar as velas sobre o bolo. Enquanto isso, meu visitante se levanta.

— Você é mesmo um amigo de Elsa?

É Steve retomando o assunto. Se eu sair do coma, ele vai me ouvir!

— Sou sim!

— Então, qual é o nome dela?

— Elsa. Você mesmo já falou o nome dela pelo menos três vezes.

— O sobrenome dela!

— Bilier. E ela faz 30 anos hoje.

— Rebecca acaba de dar essa informação.

— Isso é um interrogatório policial, é?

— Pode ser!

Steve, o irmão mais velho ultraprotetor.

— E ela estuda o quê?

Aí se passam dois segundos antes de meu desconhecido responder.

— Ela não estuda. Trabalha.

— Em qual ramo de atividade?

Dois segundos mais.
– Com coisas de montanha.
Estou impressionada. Em todos os lances, ele blefa, mas sempre se sai muito bem. Até me pergunto se, de verdade, ele não me conhece.
– Mas ela faz o que exatamente, em relação ao montanhismo?
Aqui, perco toda a esperança de que meu desconhecido adivinhe. Tenho uma profissão pouco comum.
Passam-se dez longos segundos. Alex e Rebecca estão se preparando para acender as velas e eu os ouço murmurando entre si. O desconhecido dá alguns passos no quarto, depois para. Ele deve ter se virado para Steve.
– Escute – começa ele. – Você está certo. Eu não conheço Elsa. Tudo o que acabo de dizer foi o que deduzi do que está escrito no prontuário ao pé do leito dela. Sou simplesmente um visitante que se enganou de quarto. Aqui estava calmo, resolvi ficar por uns momentos. Não fiz mal, não incomodei ninguém. Agora, deixo vocês.
Curiosamente, Steve não diz nada. Ao contrário. É Rebecca que toma a palavra.
– Quer ficar conosco para cantar parabéns?
Aqui meu desconhecido deve ter ficado realmente surpreso. Rebecca é assim: adorável e, às vezes, muito

ingênua. Felizmente, seu príncipe encantado está sempre por perto.

– Fique um pouco mais – diz Alex.

– Não quero incomodar – responde o desconhecido.

– Você mesmo disse: não incomodou ninguém. Seremos quatro, e isso vai alegrar Elsa.

Sinto que ele hesita.

– Tudo bem!

O desconhecido se aproxima de novo e empurra a cadeira. Tenho a impressão de que ele está ajudando Alex a tirar algo de uma bolsa, enquanto Rebecca pega o prontuário nos pés de meu leito.

– Parece que não temos progresso – lança ela na direção dos outros. – Novidade nenhuma. Ah! Sim. Alguém alterou a idade. Impressionante eles terem dado atenção a um detalhe desses.

– Ééé... Esperem. Fui... fui eu que mudei – diz o desconhecido. – Li o prontuário para saber como se chamava e vi que hoje é o aniversário dela. Perdão por ter feito isso. Acho que eu não devia.

– Não, de maneira nenhuma. Foi supersimpático você fazer a mudança!

– Sério?

– Eu acho muito fofo alguém que não conhece Elsa se preocupar em atualizar a idade dela no prontuário médico. Por favor, pode pegar aí esse pacote?

– Ah! OK! Tome.
– Passe-o para Steve. Acho que ele vai gostar de abri-lo, mesmo sabendo perfeitamente o que há dentro.

Steve certamente deve estar estendendo o braço e se virando para mim. Rebecca põe o bolo na mesinha ao lado. Imagino o odor das frutas, a luz das chamas e o sorriso triste de meus amigos.

– Bom... Feliz aniversário, minha querida – diz Rebecca antes de soprar minhas trinta velas.
– Feliz aniversário, Elsa – diz Alex.
– Feliz aniversário para você – acrescenta Steve.

De longe, o murmúrio de meu desconhecido chega baixinho a meus ouvidos:
– Feliz aniversário.

Ele pronuncia suavemente. Não consigo saber se é porque está embaraçado, triste ou qualquer outra coisa. Mas é tocante. Profundamente tocante.

– Aqui está seu presente, tome – diz Steve, me puxando para coisas mais concretas. – É uma aliança. Você sempre disse que nunca se casaria e que nunca usaria uma porque é ridículo. Aí resolvemos lhe dar uma. Talvez isso ajude você a voltar mais rápido se estiver com vontade de dar uns bons chutes em nossas bundas.

Acho que Steve põe a aliança em um de meus dedos. Não sei em qual mão, nem em qual dedo.

– Você não vai dizer a ela como é a aliança?

A intervenção de meu desconhecido vem para surpreender todo mundo.

– Bem, não sei – continua ele. – Se é preciso conversar com ela, então vamos dizer tudo, não é?

O silêncio dura alguns instantes.

– Você, então – resmunga Steve, como quem está decepcionado por não ter pensado naquilo antes.

– Ééé...

– Fale, então! Você tem razão!

– Bom... Tá bem.

Meu visitante se aproxima.

– Então, parece que a aliança é de prata.

– É de ouro branco – interrompe Steve.

– Ah! Perdão. Não consigo distinguir.

– É mais resistente.

– OK! Então é de ouro branco. Eles escolheram uma aliança assim porque é mais resistente. Quando você estiver em condições de dar um golpe de machado de gelo, vai ver, não acontecerá nada com sua aliança.

Tive vontade de rir, ou ao menos de sorrir, quando ouvi a delicada alusão.

– Ela também tem dois raminhos que se entrelaçam em volta da aliança. Como se fossem cipós. Não, melhor, como uma espécie de haste de alguma flor. Ah! Como um arbusto de jasmim, porque parece que você ama o cheiro de jasmim!

Fico estupefata. Como ele adivinhou isso?
— Como você sabe disso? — pergunta Steve, ecoando meus pensamentos.
— Dá para sentir o cheiro de jasmim perfeitamente neste quarto. E o cheiro vem dela.
— Você, por acaso, é perfumista?
— Não, trabalho com ecologia, nada a ver. Posso continuar?
— Vá em frente.

Compreendo que estou impaciente para ouvir o que mais ele dirá.
— Ela brilha, é bem bonita mesmo. E está em seu anular direito.

Estou um pouco decepcionada. Quase queria que Steve o tivesse interrompido.
— Além disso, o bolo é de pera — continua o desconhecido. — Rebecca mentiu: ela trouxe trinta e uma velas só de sacanagem, e eu quero dizer que você tem uns amigos incríveis porque eles estão aqui para lhe desejar feliz aniversário depois de vinte semanas de ausência.

Aqui o silêncio pesa. Por um instante, tenho quase a impressão de ter ficado surda. Mas o barulho das gotas d'água contra a janela me provam que não. Ouço alguém assoando. Aposto que é Rebecca. Alex deve estar agora se aproximando para apertá-la nos braços. Todo mundo procura algo para fazer, tentando dissipar a tristeza que deve estar empesteando o quarto. Pedaços de bolo circulam e as colheres raspam os pratos de papel.

– Fale um pouco mais de você – pede Rebecca depois de um instante.

– Como assim? – responde meu visitante.

– Você poderia começar se apresentando, que tal? A gente só sabe como você veio parar aqui. Estou curiosa de saber um pouco mais sobre um tipo capaz de aprender tanto sobre uma desconhecida em menos de cinco minutos.

– Meu nome é Thibault. Tenho trinta e quatro anos. Eu deveria estar agora no quarto de meu irmão, que sofreu um acidente de trânsito.

– Que pena! Espero que não seja nada de grave – se compadece Rebecca.

– Foi meio grave, sim, mas ele certamente vai se recuperar. Eu teria preferido que fosse o contrário. Ele matou duas adolescentes que estavam passando porque estava bêbado. Não tenho a menor vontade de vê-lo.

– Ah!

O silêncio volta. Fico meditando sobre o que acabei de ouvir. O perfil de meu desconhecido vai se desenhando, mas ainda me faltam alguns elementos essenciais. Duvido que algum dos meus amigos peça a ele para se descrever.

Thibault. Preciso guardar bem este nome.

– Como é que ela chegou a essa situação? – pergunta ele de repente. – À parte a "avalanche em montanhismo", quero dizer.

Steve se levanta, percorre a passos largos o quarto e começa a narrar aquilo que já sei. Depois, ouço atentamente a sequência, a partir do momento em que me encontraram. Ouço um detalhe a mais: fui resgatada de helicóptero. Que pena! Sempre sonhei em pegar o helicóptero para sobrevoar a geleira e, quando consegui, não estava consciente para ver tudo aquilo. Meu visitante faz algumas perguntas, até mesmo a minha preferida. Eu é que gostaria de responder pessoalmente aquela...

– Por que ela faz isso? Quero dizer, por que pratica montanhismo? É, no mínimo, muito arriscado tudo isso que vocês fazem.

– Ela tem o montanhismo no sangue – diz Steve.

– Isso para mim não é o suficiente – responde Thibault.

– Você sabe o que é felicidade?

– Isso é uma pegadinha?

– Pois é! Elsa sabe – responde Steve, ignorando a observação. – Quando caminha lá no alto, ela é ela mesma, feliz. Ela brilha. A montanha é o elemento dela. Ela descobriu a própria profissão por causa dessa paixão.

– Qual é? Ela é guia?

– Não, ela não podia. Ela trabalha para o instituto que faz os mapas das trilhas. É especialista em regiões glaciais.

– Eu nem sabia que essa profissão existia. Mas já usei esse tipo de mapa.

– Pois então! A montanha é ela. Quando você caminha com ela numa geleira, é como se você pudesse vê-la nua. Completamente vulnerável. Todas as suas emoções e sensações expostas. É como se ela lhe desse um verdadeiro presente.

– Uau!... Você é apaixonado por ela?

Thibault fez essa pergunta seriamente. E diante daquilo que Steve acaba de dizer, eu também estou esperando a resposta.

– Fui. Hoje, sou apenas uma espécie de irmão mais velho que fracassou na missão.

– Não diga isso. Você não podia fazer nada se o nó de noite não estava bem-feito.

– Nó de oito – corrige Steve. – Mas era minha obrigação tê-lo verificado.

Rebecca evita que o silêncio ganhe espaço de novo, recolhendo os pratos e as colheres. Isso indica que minha festinha de aniversário caminha para o fim. Meu visitante se prepara para ir embora.

– Bom, obrigado pelo bolo e obrigado por terem me deixado ficar.
– Tem certeza de que não quer ficar mais um pouco? – propõe Alex.
– Não. Preciso ir encontrar minha mãe e meu primo. Eles já devem estar me procurando.
– Tudo bem! Foi muito legal encontrar você.
– Foi legal pra mim também. Podem dar meu até logo a ela?
– Você sabe que você mesmo pode dar tchau – diz Rebecca.

Meu visitante parece hesitar, depois ouço que ele se aproxima. Ele estava mais à vontade antes, quando éramos só ele e eu.

– Nós a beijamos na testa – explica Rebecca. – É o único lugar onde não há tantos fios.
– OK! É mesmo.

Ouço o barulho dos lábios dele em minha pele, mas, como antes, não sinto nada. Escuto o murmúrio que ele insinua o mais discretamente possível no meu ouvido antes de se reerguer:

– Tchau, Elsa.

Ele se afasta de meu leito. Os outros se voltam para seus próprios afazeres.

– Mais uma vez, obrigado! Vou indo.
– Você pode vir vê-la quando quiser, você sabe.

Claro que é Alex quem lhe faz a proposta.
– Ah! É muita gentileza. Obrigado. Mas não sei se...
– Venha mesmo – acrescenta Rebecca. – Ela ficará contente de ter mais pessoas que venham vê-la. Tenho certeza!
– Tudo bem. Até logo.

A porta se fecha. Meu visitante saiu. O pouco de alegria que eu tinha foi-se com ele.
– Steve? – chama Alex. – Você ficou calado de repente. Ficou chateado por eu ter dito a ele que podia voltar?
– Não! Tudo bem.
– Então, o que foi?
– É que começou a nevar, e ela adorava isso.

A tristeza se apossa de cada uma de suas palavras. Fico pensando que eu estava melhor quando estava a sós com Thibault. Ele tinha menos emoção. Escuto meus amigos arrumando as bolsas e vestindo agasalhos. Eu os ouço, um a um, beijando minha testa, sem eu ter a menor possibilidade de corresponder.

Quando a porta se fecha mansamente, de novo silêncio total. Nem mesmo a chuva na janela. Nem mesmo uma respiração além da minha.

Eu adoraria vê-lo voltar.

4.

Thibault

Minha mãe olha pela janela do carro, e meu primo está falando ao telefone no banco de trás. Dirijo no piloto automático para levar todo mundo a seus destinos. Sei o caminho de cor, mas devia estar prestando mais atenção ao trajeto.

Impossível. Meu espírito está noutro lugar.

Naquele quarto. O 52. Olhei o número quando saí. Havia uma foto de montanha em cima do número, um troço meio especial, cheio de gelo. Entendi que foi aquilo que me induziu ao erro.

Quando cheguei ao térreo do hospital, meu primo já estava me esperando. Tentou saber o que eu tinha ficado fazendo todo aquele tempo. Em vão. Não soltei uma só palavra. Quando minha mãe saiu alguns minutos depois, tinha os olhos vermelhos. Mas agora está um pouco mais calma. É como se o hospital fosse um imenso ímã indutor de lágrimas, mesmo que, às vezes, haja surpresas em casa.

Quero deixá-la em casa logo. Suporto cada vez menos todas essas emoções. Não que ela esteja errada, longe disso. Ela tem o direito de estar triste, e eu estaria igual caso se tratasse de um filho meu num leito de hospital. Mas, comparada à situação do quarto 52, a situação de meu irmão era fichinha.

Fiquei pensando nisso mais do que achei que fosse ficar. Estava me preparando para dormir um pouco, e eis que me vejo com um monte de informações em mente. Aqueles três lá foram supersimpáticos. Mesmo Steve, porque, por trás de seu jeito de irmão mais velho protetor, ele estava apenas inquieto. E tão triste! Quase tanto quanto minha mãe. Acho que foi isso o que mais me irritou nele. Ele também demonstrava certo ciúme, mas não sei bem do quê. Se, de fato, não estava mais apaixonado, nada tinha a temer. E se ainda estivesse, muito menos ainda teria a temer, por sinal.

A garota, Rebecca, é uma graça. Um pouco ingênua, mas agradável. O namorado dela, Alex, é abertamente simpático e muito sociável. Talvez valesse a pena encontrá-los outra vez e trocar ideias. Mas vejo que não tenho como fazer isso, a não ser deixar um recado no livro de registros do quarto 52 dizendo: "Olá, aqui é Thibault, o cara que pegou no sono aqui aquela vez. Se vocês quiserem me encontrar, aqui está meu número de telefone." Mas acho que não daria em nada.

A única pessoa que posso rever, aliás, é aquela com quem não posso falar, porque ela não responderá. Elsa. A flor de jasmim toda amarrada por fios. Nem perguntei para que tantos. Não sei absolutamente nada de medicina. Mesmo trabalhando com a "medicina da Terra", como alguns dizem, no que se refere ao corpo humano, sou um zero à esquerda. Quando o médico de meu irmão começou a me explicar todos aqueles traumatismos, me desliguei depois de cinco segundos. Minha mãe escutou tudo na maior paciência, mesmo que também não entendesse bulhufas. Meu primo, professor de educação física, fez uma cara de quem ia traduzir aquilo tudo, mas, francamente, o policial ali atrás da porta congelava meu sangue, de maneira que não entendi grande coisa.

Felizmente não tem mais polícia vigiando. Meu irmão já deu seu depoimento. O julgamento dele será daqui a quatro meses. Tecnicamente, esse é o tempo de que precisa para se recuperar do acidente. Enquanto isso, o apartamento dele fica vazio. Meu primo e eu passamos por lá para esvaziar a geladeira e fazer uma faxina, para que aquilo não vire um pandemônio na ausência de meu irmão. Ainda que o apartamento já não fosse um paraíso de limpeza, era preciso evitar que aquilo virasse um pardieiro. Estando lá, descobrimos que ele tinha uma namorada quando encontramos roupas íntimas espalhadas por todo canto. A garota nunca se interessou por coisa alguma, ou então era apenas lance para uma noite só, porque ninguém ligou para avisá-la.

Estaciono diante do prédio de minha mãe. A neve começou a cobrir os carros ali estacionados. No asfalto, quase não se vê ainda, mas já há uma fina camada na grama. Não posso dizer se amo ou não amo a neve. Ela está aí, e eu a encaro. Para mim, se trata apenas de uma respiração a mais do planeta.

Meus dois passageiros descem. Meu primo mora bem pertinho de minha mãe. Foi ele quem achou esse apartamento para ela quando meu pai foi embora. Sinto o carro subindo, aliviado do peso deles. Meu primo enfia a cabeça pela porta do carro.

– Você vem?
– Esta noite não.
– Acho que ela ia ficar contente.
– Já eu, acho que não sou capaz.
– Você é desagradável.
– Escute, volto amanhã. Mas esta noite... não vou entrar.

Meu primo me olha, quase surpreso de eu ter falado de amanhã.

– OK! Preste atenção no trânsito.

Ele fecha a porta. Minha mãe fica olhando através do vidro e faz um sinal com a mão. Mando um beijo e ligo o motor do carro. Só quando passo pelo portão do prédio começo a me sentir melhor. Preciso deixar de passar tanto tempo com eles, porque aquela depressão toda acaba comigo. Sou uma verdadeira esponja.

Saio dirigindo sem pensar em nada, até me dar conta de que errei o caminho. Estou indo para o centro da cidade. Talvez seja mesmo o melhor a fazer. Não estou com vontade de ficar sozinho esta noite, mas também não estou querendo companhia. Isso não está claro em minha cabeça. Felizmente, sei exatamente o que preciso fazer para resolver isso.

– Alô, Ju?

A voz de meu melhor amigo ressoa no telefone.

– Sim, eu sei, não é bom ligar enquanto estou dirigindo. Mas me diga: o que vai fazer esta noite? Vamos sair? Vamos nos encontrar no bar? Quê? Você não pode ir muito cedo? OK! Até mais tarde.

Desligo. Julien, ex-viciado em trabalho, agora viciado na filha de cinco meses. Por sorte, a mulher dele é uma de minhas melhores colegas de faculdade. Então ela vai entender quando ele explicar que precisa vir me ver. Pelo que entendi, ele ainda tinha de resolver banho, mamadeira e outras rotinas da bebê. Hoje é quarta-feira. É o dia dele, é verdade! Aqueles dois encontraram o ritmo perfeito! Tenho até inveja, embora eu não esteja procurando ninguém. Mas é isso o que eu queria conquistar. Esse mesmo equilíbrio.

Com Cindy, não havia um equilíbrio, era uma tempestade todo dia. Eu me defendia dizendo que era outro tipo de equilíbrio. Mas estava totalmente errado. Quando vejo o que Julien e a mulher conseguiram construir, isso dá simplesmente inveja. Mas quando você sai de uma relação como a minha, você se pergunta se ainda é capaz de amar.

Por isso, enquanto espero, amo meu trabalho, amo meus amigos, amo minha mãe, mesmo que ela se lamente a mais não poder; só não amo meu irmão. Minha vida se resume a isso de uns tempos para cá. Identificar o que eu amo e o que eu não amo. Não é fácil.

Ah sim! Não amo esses imbecis que não sabem parar direito nos estacionamentos gratuitos porque, por causa deles, você é obrigado a pagar para encontrar uma vaga. É o que vou ter de fazer agora, por exemplo.

Já que vou ter de abrir a carteira, escolho o estacionamento mais próximo do bar. Talvez me restem, no máximo, uns duzentos metros a percorrer a pé. O que é perfeito porque, com a neve, eu sentiria ainda mais frio. Estaciono corretamente para não incomodar ninguém. Guardo bem o recibo no bolso para não fazer como da última vez, quando passei duas horas procurando o recibo que eu tinha esquecido no console do carro, e corro para o bar.

Quando entro, me sinto aliviado. Está quentinho. As pessoas conversam, riem, a música é boa, e ainda resta uma mesinha livre. Me instalo ali e ponho dois porta-copos diante de mim para indicar que estou esperando alguém. Os códigos são assim, algo tranquilizador. Ninguém virá me perguntar se a cadeira está livre ou não.

Peço um suco de pera. O garçom olha para mim, perplexo. Respondo que é porque estou dirigindo, e isso lhe basta. Mais um pouco, e ele me parabeniza. Sei que Julien vai pedir uma cerveja. Talvez eu dê um golinho para me divertir, mas não gosto de beber quando estou dirigindo. Meu irmão deveria ter sido sensato assim.

Mal chegou meu suco de pera e cinco minutos depois uma garota se planta diante de mim.

– Esta cadeira está livre?

Mostro o porta-copo ainda sem uso.

– Ah! Desculpe, eu não tinha visto. Você está esperando alguém?

– Estou sim. Um amigo.

Hesitei em responder "minha garota" ou "meu companheiro", para me divertir um pouco, porque a garota estava se comportando de um jeito bizarro. Dava para sentir de longe que estava a fim de mim. Porém, este bar é conhecido como ponto de encontro entre amigos e não como ponto de azaração. Sorrio pensando nos avisos de minha mãe. Dá para ver que meus cabelos em desalinho não afastam todo mundo. Mas essa garota parece estar querendo é que eu lhe pague uma bebida. Odeio esse tipo de encontro.

— O que acha de eu lhe fazer companhia enquanto ele não chega?

Em minha cabeça, a reação foi imediata. Tenho uma espécie de livro-cujo-herói-pode-ser-você que se prepara para ser aberto. Se você quiser enfrentar o dragão, página 62. Se preferir se esconder, vá à página 33. Mas a moça acaba de fazer a pior escolha. Página 0.

— Você até que é bem gostosa, mas não tem inteligência suficiente para sacar se alguém está ou não disponível. Isso é sutil demais, eu sei, e claramente a sutileza não deve estar entre seus talentos. Me pergunto até se você sabe o que isso quer dizer. Então, me desculpe, mas isso não significa que você vá me fazer companhia até meu amigo chegar.

A garota fica passada, mas sinceramente me pergunto se ela entendeu tudo o que eu disse. Pela reação que esboça, não deve estar acostumada a ser dispensada assim, mas não estou lá de muito bom humor.

Dá para imaginar que ela espalhou a mensagem, ou que o porta-copos vazio em destaque sobre a mesa causou o efeito esperado, porque ninguém mais veio me perturbar até a chegada de Julien. Quase oito da noite. Ele chegou com neve nos cabelos.

– Nossa! Que tempo é esse! – exclama, se sentando diante de mim.

– É só a neve – observo.

– Mas está congelando – responde ele enquanto tira as luvas.

– Nem me diga...

Julien tira o casaco e faz sinal para pedir uma cerveja. Levanto meu copo de suco de pera e o garoto no caixa aprova com a cabeça.

– O que está acontecendo? – me pergunta Julien com um ar sério.

– Nada de muito especial. É que hoje é quarta-feira.

– É o dia de visitar seu irmão, não é? Mas você também vai lá em outros momentos, não?

– Levo minha mãe, para ser mais exato.

– Você continua sem querer vê-lo?

– Continuo.

– Bom! Então o que é que o incomoda?

– Por que você está me perguntando isso?

– Thibault... Está escrito na sua cara. E você jamais teria me ligado às seis da tarde, sabendo que às quartas-feiras à noite é minha vez de cuidar de Clara, se não fosse importante.

— E como vai Clara? Espero que isso não tenha lhe causado problemas com Gaëlle...

— Nem se preocupe. Gaëlle ficou em meu lugar sem problema, e Clara vai superbem. Boa saúde. O pediatra disse que ela está ótima. Aliás, tudo bem você ser o padrinho?

— Claro, tudo certo. Sua menininha é um amor; você acha que eu ia mudar de opinião? E se ela continuar assim, vou acabar me casando com ela!

— Pff! – brinca Julien. – Bom, é história com alguma garota, então?

— Não. Enfim... talvez. Mas nada a ver com o que você está pensando.

— Então tem a ver com quê?

Largo o copo e afundo na cadeira.

— Tem a ver com uma garota, com os amigos dela, com meu irmão, com a polícia, com fios e tubos para todo lado, com jasmim e trajetos de carro até o hospital.

— Alto lá! Espere, porque não estou conseguindo acompanhar.

O garçom chega com uma cerveja e meu suco de pera. Agradecemos, e encho meu copo outra vez. Derramo um pouco de suco na mesa e enxugo atabalhoadamente.

— Pode ir por partes, por favor? – pede Julien.

— Sim... espere um minuto.

Minhas mãos colam, e eu pego um lenço de papel na bolsa. Tenho sempre uma caixa de lenços desde que comecei a levar minha mãe ao hospital.

– Isso me acontece o tempo todo.

E então conto a ele minha tarde perigosa. Julien mantém silêncio e me escuta pacientemente. Quando acabo, ele fica mudo, só olhando para mim.

– Vai ficar calado?

– Bem! O que é que você quer que eu diga? – responde ele.

– Isso é tão esquisito.

– Esquisito? Eu não teria escolhido esta palavra.

– Bom, "curioso" fica melhor? Mas o que mais me intriga é saber por que isso está mexendo tanto com sua cabeça. Você só se enganou de quarto. Nada mais!

Julien espera que eu lhe explique. Ele vai ter a resposta que está em minha cabeça faz três horas.

– Por que é que estou com vontade de trocar o lugar da garota com o de meu irmão?

Julien está começando a ficar preocupado. Vejo isso nos olhos dele.

– Você está dizendo que queria que ela acordasse e que seu irmão entrasse em coma?

– Exatamente.

– Você sabe muito bem por quê.

– Não, não sei não.

— Para com isso, Thibault. Você não conseguiu digerir o fato de seu irmão ter acabado com aquelas duas garotas. E, francamente, ninguém pode culpar você por isso. Em seu lugar, eu estaria no mesmo estado. Essa garota, Elsa, parece boa gente e você queria que ela voltasse do coma, como todas as pessoas de bom coração neste planeta. Então, é normal pensar assim.

— Coração... Eu queria não precisar ver mais meu irmão, e você ainda acha que tenho coração?

— Todo mundo tem coração, Thibault. Resta saber o que cada um faz com ele. O seu está em mil caquinhos depois de Cindy. E em um milhão, depois do acidente. E você está se dizendo que se pudesse fazer qualquer coisa para acordar a garota do coma, isso talvez lhe permitisse colar alguns desses cacos. É hora de você começar a se perdoar pelo fato de estar pensando essas coisas de seu irmão.

Estou atônito, como sempre, mas é por isso que Julien é meu melhor amigo. Pela primeira vez em um ano, sinto lágrimas me subindo aos olhos, mas não, não posso. Não aqui. Não neste bar lotado. Não numa quarta-feira à noite.

— Vamos embora? — sugere Julien.

— Quê?

— Você está quase desmoronando.

Julien entorna o copo de cerveja e me força a terminar o meu rapidamente. Dois minutos depois, estamos na calçada branca. Ele tinha razão, está um frio de rachar. Julien me pega pelo braço e me arrasta um pouco para longe da porta. Não estou prestando atenção a nada, é como se eu tivesse um véu diante dos olhos e, sei, não é a neve.

– Desabafa – me diz ele.

Eu desmorono. Dois caras, um nos braços do outro, não é sempre que se vê isso na rua. Geralmente se pensa que são gays. Aqui, se alguém passar, pode pensar o que bem queira. Só quero desafogar essa água toda que está me obstruindo a visão. Quero cuspir toda essa saliva que me enche a boca. Quero berrar meu desespero para o mundo inteiro.

Mas me contento em chorar no ombro de Julien, que me aperta bem junto a si. Faz meses que não sinto o calor de alguém. E o calor de seu melhor amigo é, de verdade, muito reconfortante. Isso dura alguns minutos, depois o frio se impõe. Julien me estende um lenço, ele também sempre tem uma caixa deles, mas por causa do nascimento de sua filha.

– Vamos lá pra casa?

– Quê?

– Você vem dormir lá em casa esta noite; não vou deixar você sozinho neste estado.

– Eu não bebi, não vou atropelar ninguém.
– Eu sei que não bebeu! Você sempre foi sóbrio e, de um mês para cá, mais ainda. Mas está sem a menor condição de ficar sozinho esta noite. Onde está seu carro?
– No estacionamento aqui ao lado.
– OK! Me passe a chave, porque sou eu que vou dirigir.

Faço o que ele manda sem dizer nada e sigo Julien até o estacionamento. Pago e me instalo no banco do passageiro. Isso é muito estranho dentro de meu próprio carro.

Julien dirige bem. Me deixo embalar. Ele mora perto do bar. Chegamos logo. Ele tinha vindo a pé. Quando, enfim, entramos na casa dele, sua mulher me recebe sorrindo.

– Thibault! – exclama ela bem mansinho, com certeza porque a pequenininha está dormindo.
– Boa noite, Gaëlle – respondo sorrindo. – Desculpe ter vindo sem avisar.
– Não precisa se desculpar – diz ela me beijando no rosto. – Julien me avisou por celular. Até já arrumei sua cama no quarto de Clara. Você só não vai poder roncar muito alto e, sinto muito, mas vou acordá-lo ali pelas quatro horas para dar a mamadeira a ela.
– Tudo bem, é minha princesinha, não vou odiá-la por isso. Mas... Julien avisou você? Quando isso? – pergunto a Julien me virando para ele.

– Por torpedo, enquanto você estava chorando nos meus braços.
– Canalha! Você não estava nem aí pra mim!
– Você ia sujar meu casaco todo, eu precisava encontrar uma solução rápida.
– Quando vocês tiverem acabado de implicar um com o outro – interrompe Gaëlle –, deixei algo para comer na cozinha. Thibault, separei uma toalha para o caso de você querer tomar um banho.
– Puxa, Gaëlle! Obrigado pelo cuidado.
– Você faria o mesmo por mim – ela me responde.
– Mesmo assim, muito obrigado!

Tiro o casaco e fico descalço, enquanto eles trocam um beijo rápido e duas, três informações sobre a bebê. Gaëlle me diz que posso ir ver Clara e guardar minhas coisas porque ela ainda está acordada.

Quando entro no quarto, me vejo em outra dimensão. Antes, aqui ficava o escritório de Julien; agora, ele transferiu tudo para a sala, tanto que até o sofá-cama aterrissou aqui. Ele funciona como uma banqueta não desdobrável porque é impossível usá-lo como cama aberta. O apartamento deles não é grande, mas reservaram um lugar especial para a filha.

Me inclino sobre o berço. Clara me vê chegando como um extraterrestre. Ela mexe docemente os dedos e me olha com aquele rosto de anjo. Gaëlle e Julien trabalharam muito bem.

Tiro os olhos de minha princesinha para olhar ao redor de mim. O sofá-cama está arrumado, o edredom e o travesseiro parecem perfeitamente confortáveis. Isso me consola mais do que a garota oferecida há pouco. Saio bem devagarzinho do quarto e fecho a porta atrás de mim. Gaëlle está vendo televisão na sala e Julien me espera na cozinha.

Demoro para me sentar à mesa, mas agora que minhas lágrimas correram, percebo que estou faminto. Enquanto comemos, falamos de tudo e de nada. Bastante de Clara, lógico, porque uma filha se torna sempre sua prioridade. Lavo a louça com Julien, e Gaëlle nos diz que vai se deitar. Ela vai ter de se levantar às quatro horas, quando a pequena chorar pedindo mamadeira. Me ofereço para fazer isso para que ela possa dormir.

– Sério?

– Com todo o prazer. Preciso ser um padrinho exemplar, né?

– Puxa! Superobrigada. Isso nos dará uma noite toda só para nós dois.

– Então, onde estão as coisas? – pergunto, olhando a cozinha.

– Tudo aqui. – Mostra ela, apontando um canto da bancada da cozinha. – Você só vai precisar aquecer a mamadeira em banho-maria.

Gaëlle nos beija e vai para o quarto. Digo a Julien que vou tomar um banho. A água morna me faz um bem danado. Até demoro um pouco, mesmo sabendo que isso não é nada bom para o planeta. Tomo um banho excepcional e, pensando bem, se eu não estou bem, o planeta, hoje... Quando saio do banho, Julien me diz que também já vai dormir. Fico vendo TV um tempinho e depois desligo tudo. Pena que não tenha um livro comigo, mas, de todo modo, não sei bem se estou com vontade de ler. Entro silenciosamente no quarto de Clara e me enfio debaixo do edredom. O contato com os lençóis me congela. É maravilhoso quando você tem alguém para aquecer a cama, mas não tenho esse alguém e, mais uma vez, me pergunto se estou pronto para encontrar esse alguém.

Ouço os sussurros de Julien e Gaëlle através das duas portas entreabertas. Depois, ruído leve de lençóis. Acho que dei a eles bem mais que uma noite completa. E não fico incomodado de saber que estão fazendo amor no quarto ao lado. Sei que estão compartilhando um momento maravilhoso.

Pego no sono, mas, ali pelas duas horas, arregalo os olhos de novo. Me mexo na cama, tentando não fazer barulho. Minha visita ao hospital gira em minha cabeça como roupas numa lavadora. Lentamente, os minutos passam, até o momento em que ouço Clara se agitar. Vou à cozinha aquecer a mamadeira, depois volto com a almofada de amamentação. Não sei quem teve essa ideia, mas é genial para evitar esmagar seus músculos enquanto o bebê mama. A primeira vez que dei mamadeira a Clara sem essa almofada, foi um tumulto daqueles. Julien, no entanto, a dispensa.

Pego Clara delicadamente no colo, antes que ela abra o berreiro, e a apoio entre mim e a almofada. E então me reacomodo na cama, apoiado na parede para ficar mais à vontade. Ela ajeita a boquinha ao redor do bico da mamadeira. O barulhinho de sucção me embala lentamente. Deixo a mamadeira de lado quando ela termina. Voltamos a dormir assim, nos braços um do outro.

5.

Elsa

Fico me perguntando até quando vou ficar só ouvindo. Fico me perguntando se um dia vou acordar de verdade. Sei, pelo que ouço dos médicos, que praticamente não consigo respirar sozinha. Sei que eles fazem exames regularmente, e sei que aguento apenas poucas horas antes de me declararem incapaz de continuar a respirar sem a assistência de aparelhos. A mecânica do corpo é mesmo muito especial. Mas também milagrosa. Como é que continuo a respirar, mesmo durante alguns minutos, se não consigo sentir absolutamente nada?

Se eu sair desse coma, essa é uma coisa que terei de perguntar. Meu médico, que só aparece de oito em oito dias, vai sofrer na minha mão. Farei um verdadeiro interrogatório. Hoje é sábado. Faz três dias que minha irmã veio, faltam quatro para ela voltar. Talvez meus pais apareçam hoje. Afinal de contas, quarta-feira foi meu aniversário.

E foi muito legal. Consegui ouvir meus amigos que não apareciam fazia algum tempo. Pude imaginá-los comendo o bolo, soprando minhas velas e abrindo meu presente. E conheci um cara. Thibault. Decorei o nome dele. Estranho. Eu estava com medo de me esquecer. Ainda bem que minha memória não foi afetada em nada por meu estado vegetativo, mas, mesmo assim, tive medo. E, pela primeira vez depois de seis semanas, não revivi meu acidente em sonho. Não tive sonho algum. Eram apenas o escuro e o profundo. O suficiente para dizer "repousante".

Hoje de manhã, a auxiliar de enfermagem veio fazer minha higiene pessoal, como todas as manhãs. Ela me banhou quase toda. Arrumou meus cabelos; só espero que não tenha feito de mim um espantalho abominável. O pessoal todo é muito tranquilo, mas cuidar de um corpo inerte não deve ser muito fácil. Eu a ouvi escovando, depois... não sei grande coisa. Nem sempre é fácil saber o que as pessoas estão fazendo ao meu redor. Seriam necessárias referências para comparar. Como não tenho nenhuma lembrança de minha mãe me penteando, sou incapaz de dizer o que a auxiliar de enfermagem fez. Por outro lado, sei que ela se esqueceu de passar protetor nos meus lábios porque não ouvi o esfregar viscoso do creme. Vinte e quatro horas não é tão dramático assim, não é como se eu ficasse falando com alguém, mas é verdade que me preocupo com meus lábios.

No trabalho, eu gastava em média um tubo de protetor por mês. Algumas pessoas sacam o celular na rua como uma rota de fuga, eu saco o protetor de lábios na montanha toda hora. Senão, minha boca vira uma lixa, o que não é nada agradável.

Para quem?, você poderia me perguntar. Para mim mesma. Não exatamente para os caras que eu beijava, mas sobretudo para poder beijá-los. O contato dos lábios entre si é um verdadeiro milagre. Amo beijar. Não posso fazer nada contra isso. E nunca de batom, ao contrário, nem mesmo em ocasiões especiais. O batom entorpece os sentidos.

E hoje a auxiliar de enfermagem esqueceu. Acho que alguém a chamou no corredor. Ela se apressou para acabar e se mandou. Depois disso, tudo o que ouvi foi a movimentação de uma tarde de hospital. Muita gente vem visitar seus doentes aos sábados. Menos a mim.

Ah! Sim! Desculpem, já ia dizendo bobagem. Ouço o trinco de minha porta. Reconheço o andar de minha mãe e o passo, mais vagaroso, de meu pai. Eles falam baixinho um com o outro. Não gosto disso. Quem vê diz que eles estariam entrando num necrotério. Tenho vontade de gritar que ainda estou aqui, viva, ao lado deles; mas eles continuam conversando em voz baixa como se não quisessem que eu escutasse.

– ... Temos o direito de questionar. Já se vão cinco meses, Henry.

– Como você tem coragem de dizer isso?

O grunhido de meu pai quase não se distingue de seu cochicho.

– Eu me ponho no lugar dela – responde minha mãe. – O que eu pensaria dessa situação toda? Será que iria insistir?

– Como você pode imaginar como seria estar no lugar dela?

– Eu tento! E pare de me contradizer só para me deixar nervosa!

– Eu procuro ver os prós e os contras. Estamos falando de desligar os aparelhos de nossa filha. Não da cor de nosso tapete novo!

Se eu pudesse sentir meu sangue correr nas veias, também o teria sentido parar nesse momento. Primeiro, pelo fato de meu pai tomar mais ou menos minha defesa. Depois, por meus pais estarem avaliando a opção de desligar os aparelhos que me mantêm viva.

– Mas talvez ela consiga continuar a respirar por si mesma – tenta minha mãe.

– Será como das outras vezes. Em duas horas, ela começará a se asfixiar.

– Talvez ela não queira mais lutar.

– Chega de pensar por ela! – devolve meu pai. – Você não sabe de coisa nenhuma.

– Henry!

– Que foi?

– Pense seriamente na questão!

Um momento de silêncio se passa. Não sei se meu pai respondeu com um gesto ou se ainda está ruminando o assunto.

– Está bem! Vou pensar. Mas hoje não.

Nesse momento, fujo deliberadamente da conversa deles. Vou para longe. Divago, quase deliro, só com meus pensamentos. Se já é de perder a cabeça falar para si mesma, escutar os outros às vezes produz ainda mais desordem.

Retomo a consciência da presença deles no instante em que se levantam para ir embora. Preciso parar com isso. Essas pessoas vêm aqui me ver, falar comigo. Talvez elas esperem que eu as escute. Pelo menos é esse o caso de minha irmã. E eu lhes dou, no máximo, cinco minutos de atenção, quatro quando chegam, um quando vão embora. Mas, na verdade, estou me lixando. Como é que elas vão saber?

Meus pais saem do quarto. Não ganho nem um beijo ou então ele foi tão leve que nem cheguei a ouvi-lo.

Me preparo para ficar só comigo mesma quando o trinco range de novo. Minha mãe deve ter esquecido um casaco, um cachecol qualquer, algo assim. Mas o andar não é dela nem o de meu pai. É um andar mais leve e, ao mesmo tempo, hesitante. Minha irmã não pode ser. Ela teria se revelado diretamente. Talvez seja a auxiliar de enfermagem vindo concluir seu trabalho interrompido de manhã. Quem sabe tenha se lembrado de que não passou meu protetor labial?

– Bom dia, Elsa.

O murmúrio chega aos meus ouvidos como uma brisa. O nome ressurge em minha mente com a força de uma tempestade. Thibault! Ele voltou! Não sei por quê. Quero acreditar que tenha sido porque tenha tido vontade de voltar. Pouco importa, ele está aqui, isso vai me renovar, mesmo que tenha vindo só dormir.

– Sempre o mesmo cheiro de jasmim neste quarto. Quem é que perfuma tanto você?

A auxiliar de enfermagem, eu queria poder responder, usando o frasco de óleo essencial que minha mãe trouxe. Talvez ela tenha a mão um pouco pesada.

– Tudo bem! Ainda bem que o cheiro é bom.

Ouço que ele está tirando o casaco, ouço até que está desamarrando os sapatos. Parece que quer ficar à vontade, o que significa que vai demorar. Eu queria poder pular de alegria.

Os calçados vão para um canto, o casaco vai para o móvel ali atrás. Um pulôver ou um moletom também. Deve estar bem quente o meu quarto. Terei a confirmação disso alguns instantes depois.

– Que calor está fazendo aqui! Vou ficar de camiseta, você não se importa, não é? Fique tranquila, não vou ficar nu. É preciso manter o respeito.

Eu o escuto com avidez, mesmo com dificuldade de entender seu comportamento, sua aparência, sua presença. Por que voltou?

– Você deve estar se perguntando por que estou aqui, né? Vim trazer minha mãe para ver meu irmão. Ele está no quarto 55, não sei se você se lembra. Ao mesmo tempo, não vejo por que você deveria lembrar algo. Com certeza, você nem me escuta. Aposto que se eu tocar seu braço, você não sentirá nada. Bom Deus! Estou até falando sozinho... O que está acontecendo comigo?

Entendo a desorientação dele. Eu gostaria de poder pelo menos lhe dar um tapa na cara para devolver as ideias dele ao lugar e lhe dizer para continuar falando. Nunca ninguém disse a ele que é preciso conversar com doentes em coma?

— Não entendo nada de coma — continua ele, de repente. — Nunca conheci ninguém que estivesse nessa situação e, se eu puder evitar, tanto melhor. Acho que alguém me disse que é bom conversar com quem está em coma, então vou falar. Mas sem a menor expectativa de que você me escute. Mal não pode fazer. No mínimo vai servir como uma sessão de psicoterapia grátis, com a garantia de que ninguém vai sair espalhando o que vou dizer. Mas antes vou abrir a janela porque, mesmo eu, que sou friorento, estou com um calor de matar. Não vou nem pedir sua autorização. Você não poderia dar mesmo.

Estou agradavelmente surpresa. Pela primeira vez, alguém não é condescendente comigo. Geralmente, todo mundo que vem me ver faz o diabo para ser educado, gentil e ultrajantemente disponível. Thibault é o primeiro a considerar que, afinal de contas, uma vez que quase fui relegada ao estado de um legume, não há a menor necessidade de fazer salamaleques para ficar em meu quarto.

Ouço a janela deslizar e o ar invadir. Me imagino estremecer.

— Brrrrr! Não vou conseguir ficar aqui! — exclama Thibault. — Aqui está bom — acrescenta ele, puxando uma cadeira para o lado esquerdo de meu leito.

Uma campainha meio abafada se faz ouvir.

– Merda, não desliguei o celular. Desculpe, vou atender. Mesmo porque você não está nem aí pra isso. Me dá vontade de rir. E, de repente, me dá vontade de chorar. Ou, sobretudo, me dá vontade de que meu corpo fosse capaz de chorar. Não de tristeza, mas de alegria. Thibault também é a primeira pessoa que me deu vontade de rir em seis semanas. Nem as piadas podres do locutor do rádio da faxineira tinham conseguido essa façanha.

Assim que ele atende, eu o escuto se transformar em consultor em ecologia.

– Espere! O que você está me dizendo? Não, esse relatório ainda não foi liberado! A empresa de saneamento não aprovou... Sim, eu sei que para um projeto eólico ninguém precisa da empresa de saneamento, mas é a lei... O quê? Seus superiores estão botando pressão?... Ah! Você sabe que eles não estão nem aí. E agora?... Ah... Escute, hoje é sábado, relaxe. A Terra não vai explodir de hoje até segunda-feira, a menos que um diplomata mequetrefe queira se distrair explodindo uma bomba nuclear. Aí sim, viveríamos o Carnaval com dois meses de antecedência. Ninguém daria a menor importância a esse projeto eólico. Respire um pouco, vemos isso segunda cedo. Posso chegar mais cedo se você quiser. Isso lhe dá tranquilidade?... OK, às sete horas então. Mas você vai ter de pagar algo por me forçar a levantar tão cedo... Sei lá... Um suco de pera?... Sim, com prazer.

Thibault começa a rir. Tenho a impressão de que esse é o som mais maravilhoso que já ouvi na vida. Instantaneamente, começo a desenhar esse riso em minha cabeça. Eu o associo a uma chama cintilante, com asas douradas subindo e descendo no tom de sua voz. A cada risada, elas vão gradativamente iluminando a escuridão que me cerca. Eu me agarro a essas asas no espaço de um instante. Quando o riso dele para, eu me apago, como as chamas. Thibault continua conversando.

– Até segunda às sete horas, então!

Ele desliga e aperta uma tecla no telefone.

– Pronto! Desligado. Ninguém vai nos incomodar mais. Quer dizer, ninguém vai *me* incomodar mais.

Eu o escuto guardando o aparelho em um bolso do casaco e se sentando na cadeira de plástico.

– Essas cadeiras não são nada confortáveis. Eles poderiam botar uns móveis mais fofinhos. Você não está nem aí, mas seria melhor para as pessoas que vêm vê-la. Talvez elas até ficassem mais tempo.

O que Thibault está dizendo não é tolice, mas duvido que ele vá se dar ao trabalho de dizer isso à administração do hospital.

– Tenho certeza de que se você estivesse sentada numa delas, acharia a mesma coisa. Podemos tentar um dia, se você quiser. Se você puder, antes de tudo. Nem sei como consegui dormir aqui da última vez! Ele escorrega na cadeira e acomoda os pés sobre meus lençóis. Minutos depois, já está respirando pesado. Mas como é que ele faz para adormecer tão rapidamente? As noites dele devem ser maravilhosas! Ou então talvez sejam o contrário, e ele se vingue à tarde. E como na primeira vez, eu fico ali escutando Thibault ressonar. Um tempão.

Também ouço o vento. Deve haver uma árvore não muito longe de meu quarto. Minha irmã me descreveu a cor das folhas no outono. Talvez sejam as mesmas folhas que estão caindo agora. Eu adoraria ouvir o barulho dos cascalhos e das conversas lá embaixo, mas estou no quinto andar. Gostaria de ouvir a circulação, os toques de buzina, mas todo mundo sabe que hospitais são áreas de silêncio obrigatório.

Estou com frio.

Não. Que bobagem estou dizendo? Não posso estar com frio. Acabo de *imaginar* que estou com frio.

Eu talvez adormeça daqui a pouco. Nunca sei ao certo, porque ouço sempre a mesma coisa. O vento e a respiração fluida de Thibault. Eu queria que ele acordasse para falar comigo de novo sem piedade. Meu desejo é ouvido alguns instantes depois, quando eu o escuto se mexendo.

– Argh... Incômoda mesmo essa cadeira.
Ele deve estar esfregando os olhos e se espreguiçando, enquanto retira os pés do leito.
– Da próxima vez, vou pegar uma almofada!
Ele planeja voltar. Ah! Se eu pudesse pelo menos gritar de alegria.
– E da próxima vez, não vou abrir a janela. Talvez você não tenha sentido nada, mas isso aqui está um gelo! Vou vestir alguma coisa antes de fechá-la.
A janela desliza. O vento para de fazer as folhas dançarem.
– Minha mãe deve estar se perguntando onde fiquei esse tempo todo. Mas eu disse a ela para me ligar. Que idiota!
Ele pega o celular e o liga. Um som avisa ter chegado uma mensagem.
– Muito bem! Ela está me esperando. Oba! Felizmente só faz dois minutos. Bom, preciso ir.
Ele amarra os sapatos, veste o casaco, põe luvas. Elas estão ali, sei perfeitamente disso. Eu as calcei tantas vezes em minhas próprias mãos que percebo isso sem dificuldade. Thibault se aproxima, eu sei o que vai acontecer e me alegro por antecipação.
– Venha aqui que vou beijá-la. Enfim, modo de falar.
Como da primeira vez, ele afasta os fios que me ligam a meus aparelhos eletrônicos. Seu beijo demora

quase o mesmo tempo que da outra vez, e eu o situo mais ou menos no meio de minha bochecha. Ele é o único que tem a coragem de afastar todos esses troços.

– Seu rosto está frio. Talvez eu não devesse ter aberto a janela, mas... olha o estado de seus lábios! – exclama ele se erguendo. – Parecem papel-jornal! Rah! Meu Deus do céu! É para isso que essas enfermeiras são pagas?

Ele se afasta, e ouço portas de armário baterem.

– Não deixam nada aqui! Meu irmão tem os lábios de uma atriz americana botocada, e se esquecem de você? Isso não está certo! Não interessa se ninguém vai querer beijá-la na boca.

O silêncio é nítido depois dessas palavras. Tenho a impressão de que acabam de dar um corte de tesoura numa trilha sonora, mas não, ouço um barulho no corredor. Fico me indagando por que Thibault se calou tão bruscamente. Talvez ele tenha achado meu pote de protetor labial.

– Vou usar o meu.

Não, ele não encontrou. E, estranhamente, sua voz mudou. Menos dinâmica, mais baixa. Quase irritada.

– Aqui está! Agora vai ficar melhor. Nunca passei protetor nos lábios de ninguém. Também nunca passei batom nos lábios de minha ex, algo que se pode dizer estava certo. E mesmo que você não concorde, isso não muda nada.

O tubo é fechado com um pequeno clac.

– Vou embora. Até a próxima? Pfff... De todo modo, você não pode responder. Eu é que tenho de imaginar você me dizendo para aparecer, o que seria muito bom também. Com isso, eu não teria de explicar a meu melhor amigo que voltei para vê-la por um motivo que desconheço.

Ele para de falar. Ouço um suspiro. Considero isso um "até logo". Imagino que ele sorria. Se possível, com sinceridade, não com tristeza. Os passos se afastam, o trinco range, a porta se fecha.

Até a semana que vem. Ansiosamente.

6.

Thibault

– Onde você estava?
– Dando uma volta.
– Ah!
Minha mãe baixa a cabeça e olha para os sapatos. Deve conhecê-los de cor, de tanto que os usa de um mês para cá.
– O que você ficou fazendo? – ela prossegue.
– Dormi.
– Sério?
– Seríssimo.
Não menti, mas sei que o interrogatoriozinho ainda vai avançar um pouco. Melhor eu pesar cada palavra para não ter de revelar toda a verdade.
– Você conseguiu achar lugar para dormir? – Ela se admira.
– Achei. Um lugar bem calmo.

Eu continuava sem mentir. Até acrescentei uma informação, esperando que ela parasse ali, e foi realmente o que aconteceu.

Minha mãe adora fazer perguntas, mas também se dá muito facilmente por satisfeita. Não sei se isso vem da resignação que sente em relação a meu irmão. Também não sei exatamente do que ela realmente se ressente, além da tristeza que transpira em cada um de seus gestos e olhares. Eu me sinto indigno. Minha mãe está completamente arrasada ali ao meu lado, e não faço nada além de dormir na casa dela três vezes por semana. Ela também não faz nada por mim, mas seria muito egoísmo de minha parte pedir-lhe que se ocupasse de mim em um momento como este. É minha vez, então.

– E você, como está?

Minha pergunta a pega de surpresa, tanto que ela para de andar mesmo faltando não mais que quatro metros para chegar ao carro.

– Por que você está me perguntando isso?

– Já passou da hora de perguntar, né? Então, como você se sente?

– Mal.

– Isso eu já sei. Agora elabore, mamãe.

Ela me olha como se quisesse descobrir o truque de um comercial. Como quando eu tinha oito anos e ela vasculhava o malfeito em minha carinha angelical.

– Seu irmão é um assassino pós-balada, mas não deixa de ser meu filho.

Isso é um balde de água fria em cima de mim. O tom de minha mãe é o mais neutro possível. Durante todo esse tempo, achei que estivesse fragilizada e que não soubesse o que fazer com suas emoções. Eu estava, infelizmente, muito enganado! Minha mãe é a pessoa mais forte que conheço; ela só chora um pouco facilmente demais.

– Como é que você consegue conciliar os dois? – pergunto a ela.

– Pelo amor que tenho por ele, que é exatamente o mesmo que sinto por você.

– Esse amor é suficiente para perdoar-lhe?

– Não sou eu quem tem de perdoar seja lá o que ou quem for...

Conheço essa conversa de cor porque já a ouvi um zilhão de vezes.

– Porque não cabe a você julgar – completo.

Ela confirma com a cabeça.

– Nem você nem eu podemos julgar. Seu irmão já tem muito que se julgar a si mesmo. E embora eu tenha passado a infância de vocês dois dizendo para não se julgarem, agora tenho de reconhecer que é bom ele ter muito tempo para refletir sobre isso. Estou o máximo presente para o caso de ele precisar de mim. Só lamento não ter sido suficientemente rigorosa em minha educação para fazê-lo entender que não poderia ter pegado o volante mês passado.

— Comigo funcionou.

— Com ele, não — ela suspira.

— Não se culpe!

— Não estou me culpando. Lamento que as vidas de duas adolescentes tenham sido roubadas. Agora, seu irmão é adulto. Ele é que tem de prestar contas à própria consciência.

Ela recomeça a andar e para ao lado da porta do carona. Me aproximo e destravo o carro. Minha mãe continua de pé fora do carro, a cabeça ultrapassando a altura do teto.

— Então, por que você chora tanto? — pergunto sem olhar para ela.

— Porque meu filho não está bem.

— Por culpa dele! — retruco.

— Você tem razão, mas ele não está bem, e é meu papel de mãe apoiá-lo.

— Então, você vai continuar a visitá-lo até o julgamento e continuará a visitá-lo mesmo quando estiver preso?

Sinto a raiva subindo por dentro, meu tom se torna cada vez mais agressivo.

— Vou — murmura ela.

Minha mãe abre a porta e se acomoda no carro. Ainda estou do lado de fora, mão na maçaneta. Inspiro profundamente para me acalmar e entro no carro.

– Você entenderá quando tiver filhos – diz ela assim que me acomodo.

– Por enquanto, não os tenho.

– Por enquanto... – repete ela.

A conversa para ali. Estou no meu limite. Mas, pela primeira vez, vejo algo de positivo: minha mãe não está chorando. Acho que nossa conversa a abalou. E ela nem imagina em que medida eu também fiquei balançado.

Eu a deixo em frente de casa quinze minutos depois, explicando que vou dormir em minha casa por algumas noites. Ela concorda sem demonstrar a menor emoção. Tenho a impressão de ter trazido um corpo vazio para casa. Para falar a verdade, eu preferia quando ela chorava.

Chego em casa congelando de frio. O aquecimento de meu carro é emocionalmente instável, e hoje era dia de greve. Tomo uma ducha bem quente para entrar na temperatura ambiente; saio do banho com a pele vermelha. No espelho, meus cabelos continuam não se parecendo com nada. Já sei que é tempo perdido tentar domesticá-los.

Pego o barbeador e me atraco com minha barbinha rala de três dias. Não tenho o costume de fazer a barba aos sábados. Geralmente, é na segunda-feira que a faço, antes de ir trabalhar. Mas hoje estou a fim.

Acho que é pelo fato de poder ocupar minhas mãos enquanto meu espírito vagueia. Porque, assim que acabo de me barbear, resolvo fazer faxina em meu apartamento.

Fico pensando em tudo o que minha mãe me disse. Você vai entender quando tiver filhos. Entre todas as minhas incertezas do momento, essa a única coisa da qual estou seguro. Quero ter filhos. O nascimento de Clara acabou de me convencer. Convenceu até mesmo todos os meus amigos, que esperam desesperadamente que eu encontre minha alma gêmea. Se eles pudessem entender que eu ainda não a estou procurando...

Quando dormi na casa de Julien noites atrás, adormeci com Clara nos braços. Gaëlle nos surpreendeu assim por volta das oito da manhã. Ela mesma fez uma foto antes de nos acordar. Uso essa foto no celular. Eu a guardo como uma preciosidade. Desse modo, poderei mostrar a minha afilhada como seu padrinho a apertava contra si quando ela estava apenas com poucos meses de vida.

Estou aspirando o apartamento. Por isso não ouço a campainha imediatamente. Só quando paro a barulheira digna de um avião a jato é que percebo que alguém se pendurou no botão da campainha. Enfio uma camiseta e quase enrosco os pés no fio elétrico do aspirador de pó a caminho da porta.

— Bom d... Cindy?

Minha ex está ali na minha frente, seu penteado loiro sempre impecável, sua cintura ainda mais marcada do que em minhas lembranças. Me sinto desconcertado, meio boquiaberto, mão imóvel na maçaneta.

— Bom dia, Thibault. Não me convida para entrar?

Gaguejo como um imbecil e acabo abrindo caminho, mostrando-lhe a sala. Cindy passa diante de mim e me beija no rosto. Fecho a porta, mudo. Quando me viro, ela está tirando o casaco e seus sapatos de salto alto. Reconheço as meias pretas e a saia que está usando. A blusa é nova, mas tenho de admitir que lhe cai muito bem.

Ela nota que a olho fixamente e sorri. Me controlo e corro para vestir uma calça.

— O que você está fazendo? — pergunta ela.

— Estou me vestindo — digo, do quarto.

— Você já estava vestido — me faz notar.

— Não o suficiente para receber alguém.

— Oh! Mas sou eu! Cansamos de nos ver nus... Um calção já é o bastante...

Sei que ela está certa, mas prefiro vestir uma calça pelo menos. Encontro um jeans na desordem de uma poltrona e o visto depressa. Quando volto à sala, Cindy está sentada no sofá, esfregando os pés.

– Que tortura esses saltos! – se lamenta.
– Nunca entendi por que vocês usam isso.
– Porque dão elegância. Você não acha?
– Eu...
– Você amava me ver de salto quando...

Ela não termina a frase. Não é preciso. Nós dois sabemos o fim. Minha educação de rapaz civilizado e cavaleiro me salva da saia-justa me empurrando para a cozinha.

– Quer beber algo?
– Aceito um vinho, se tiver.
– Deve ter alguma garrafa aí no fundo de algum armário, mas não garanto nada.
– Ah! É! O Senhor Suco de Frutas – acrescenta ela, rindo.

Vasculho os armários e acabo encontrando uma garrafa. Com certeza essa garrafa é do tempo de nosso rompimento, quando meu irmão quis me consolar com uma festinha improvisada. Volto com dois copos cheios. Um de vinho, outro de suco de pera.

– Você vai beber o quê? – pergunta ela.
– O de sempre.

– Ah!

Fico me perguntando se ela se lembra de minhas preferências. Vivemos juntos tanto tempo, mas sempre achei que ela era bem "básica". Estava tudo bem na época, mas, depois de refletir, me digo que isso traduz falta de sinceridade. Eu conheço o seu mais íntimo recôndito, mas ela só se interessava pelos detalhes quando isso era necessário.

– Bom, então... O que você veio fazer aqui? – pergunto depois de servir a ela o copo de vinho.

– Ó, não! Você não perde tempo! – exclama ela, bebendo um gole.

– Você há de convir que minha surpresa é bem normal, não?

– Você tem razão; mas passei só para saber notícias.

Meu livro-cujo-herói-pode-ser-você começa a funcionar em minha cabeça. Se Cindy quer notícias, vá para a página 15. Estou na página 15, onde está grifado: "Alerta!"

– Ah! – respondo, desatento. – Bem, como você pode ver, tudo continua igual.

Ou quase, digo a mim mesmo, mas não estou disposto a contar a ela meus últimos dias.

– Como vai Julien? – pergunta ela. – Gaëlle já deu à luz?

– Sim! Teve Clarinha. Ela é maravilhosa.

— Gaëlle ou Clara?

— As duas.

Ela toma outro gole de vinho e repousa o copo. Meu telefone está na mesa ao lado.

— Tome, se quiser conhecê-la – digo-lhe pegando o celular.

Eu ia passar o telefone para ela, mas Cindy se levanta e vem se sentar a meu lado.

Vou mostrando as fotos, até aquela de Clara comigo, os dois dormindo. Ela a observa demoradamente sem nada dizer, depois olha para mim.

— Linda! Foi tirada há muito tempo?

— Não. Há poucos dias.

— Você dormiu na casa deles?

Balanço a cabeça. Tenho a impressão de que ela também tem um livro-cujo-herói-pode-ser-você em marcha. O meu ficou travado na página 80, "Seja educado".

— Agora me fale de você – digo eu para evitar um silêncio muito desconfortável. — Quais as novidades?

— Oh! Mudei de emprego, mas isso me agrada muito.

— Você está em qual setor?

— No Sudeste.

— É muito longe daqui!

— É, mas ainda faço uns bate-e-volta. Como neste fim de semana. Ver a família, os amigos.

— Eu faço parte dos amigos?

Agora estou fazendo um pequeno desvio da página 80, virando-a momentaneamente para "Vamos chateá-la um pouco". Mas ela parece não se incomodar com minha pergunta.

– Mas claro! – exclama.

– Ah...

– Por quê? Não sou uma amiga?

Isso cheira à pergunta de um milhão de reais. Página 77: "Seja sincero."

– É um pouco delicado dizer que você é uma amiga, pensando em nosso passado e, especialmente, diante do modo como nossa relação se acabou.

– Você ainda me quer?

Para ser franco, não sei, mas não quero me enredar em explicações sem fim.

– Não, para mim acabou.

– Então por que você não poderia me considerar uma amiga?

Ela me fixa com seus olhos enormes. Fez uma maquiagem muito elegante, que os destaca, e posso sentir seu perfume. Ela usa o mesmo perfume, se minha memória não estiver me traindo, porque reconheço a fragrância que respirei durante anos. Me afasto um pouco para tomar certa distância. Em que momento ela se aproximou tanto assim?

– Hein, Thibault? Me diga. Por quê?

Sua voz se transformou em sussurro. Percebo sua respiração e, escondido atrás do perfume, o cheiro de sua pele. As lembranças se agitam em minha mente, e tenho vontade de expulsá-las. Mas, ao mesmo tempo...
— Eu... Sei lá! É... difícil?
Acho minha resposta ridícula, mas é a única que consigo dar.
Cindy me encara intensamente e, por um instante, tenho lampejos de todas as vezes em que ela me encarava assim. Vejo a mesma lembrança passar em seus olhos, e seu livro-cujo-herói-pode-ser-você lhe dá uma solução mais rápida que a minha. Seus lábios estão nos meus um segundo depois. Correspondo àquele beijo quase por reflexo.
Quase.
Parte de mim goza com o contato.
Outra tem vontade de vomitar.
Sinto Cindy agarrar minha mão para apoiá-la em sua cintura, enquanto ela deixa correr a sua em minhas costas. Ela me atrai para si. Eu a deito bruscamente no sofá.
— Interessante — murmura ela me fitando com desejo. — Eu não sabia que você gostava tanto de ficar por cima.
— Existe um monte de coisas sobre mim que você não sabe — respondo friamente.

Vejo em seus olhos que meu tom lhe causa surpresa. Decido continuar antes que meu desejo volte a se impor.

— O que é que você veio fazer aqui, Cindy?

Ela fica imóvel. Seu livro-cujo-herói-pode-ser-você não tem resposta para isso. Claramente.

— Tudo bem — retomo —, na verdade você nem precisa responder. Já faço ideia e, quer saber? Não estou nem aí.

Me levanto. Cindy continua deitada no sofá. Seu olhar mudou. Ela me observa como quem está tentando escolher entre a cruz e a caldeirinha. Não a condeno, devo estar com o mesmo sentimento estampado na cara.

— Vá embora.

Ela continua muda, mas começa a se mexer. Eu a olho calçando os sapatos, reabotoando o colarinho (quando foi que ela o abriu?). Eu lhe estendo o casaco e abro a porta antes mesmo de ela tê-lo vestido por completo.

— Você mudou — me disse ela, atravessando a soleira.

— Se pelo menos você tivesse aprendido a me conhecer, teria se poupado do trabalho de vir até aqui.

— Pelo menos tentei...

Bato a porta sem acrescentar palavra.

Por um momento, me esqueci do "seja cavalheiro".

Na mesa, o copo pela metade de vinho de Cindy e meu suco de pera, no qual nem cheguei a tocar. Pego a taça, me encaminho para a cozinha e a esvazio, assim como a garrafa praticamente cheia. Jogo tudo no meu latão de reciclagem. Não tenho a menor vontade de rever essa taça um dia.

Quando volto para a sala, não tenho nem coragem de olhar para o sofá. Vou buscar uma manta em meu quarto e a estendo por cima do sofá. Melhor assim. Pego o controle remoto e ligo a TV. Fico bebericando o suco de pera, sem prestar muita atenção aos comentários do apresentador.

Foi humilhante.

É por isso que não procuro ninguém.

7.
Elsa

Hoje é segunda-feira. Ninguém virá me visitar. Esses dias sem visita se tornam terrivelmente longos. Especialmente depois que Thibault entrou em meu simulacro de vida. Com alguma sorte, ele talvez venha ver o irmão ou trazer a mãe para ver esse irmão. Mas, durante a semana, pode ser que trabalhe tanto que não tenha tempo para isso.

Escuto a auxiliar de enfermagem fazendo seu trabalho. Dessa vez, ela não esquece nada. Acho até que, dessa vez, está bem concentrada! Poderíamos dizer que está me preparando para alguma cerimônia ou outra coisa que não sei o que é. Parece até que insiste em hidratar meus lábios, como se tivesse se dado conta de tê-los esquecido da última vez.

Ela termina em silêncio, como ficou durante toda a toalete, depois deixa o quarto. Alguns minutos depois, a porta se abre bruscamente e um concerto de vozes e de batidas de passos entra em meu quarto. Estou impressionada com a quantidade. Para que tantas pessoas?

Capto os termos médicos no meio do falatório. Quando são muitas as informações, não consigo entender o que está acontecendo. Mas já tenho faro (modo de dizer) para identificar o médico-chefe e seu grupo de residentes. O médico deve ser o que acaba de bater palmas, porque o barulho diminui rapidinho e o silêncio vai se restabelecendo gradativamente.

Pelas respirações, devo ter pelo menos cinco médicos residentes, ou estagiários, em volta de mim. Eu me transformei num caso médico! O médico-chefe está aos pés de meu leito. Ele pega o prontuário onde estão anotados meus "dados e cuidados médicos", como gosto de chamá-los. Faz algum tempo que ninguém escreve nada ali.

– Temos aqui o caso 52 – começa o médico. – Traumatismos múltiplos, um craniano. Coma severo já de cinco meses. Por favor, leiam os detalhes.

Genial! Virei um número, além de um caso especial...

O prontuário aparentemente vai passando de mão em mão, ficando com cada um por poucos segundos. Deve haver uma regra entre os médicos: não examinar por muito tempo uma folha de papel que tenham diante dos olhos. Talvez eles se incomodem de ler tantos detalhes ou, então, prefiram ver por si mesmos. Ou, quem sabe, sejam formados para desvendar o núcleo de um problema em cinco segundos. Se for isso, é melhor que revejam os conteúdos de sua formação. Eu adoraria que houvesse um único médico que se debruçasse sobre o caso 52 durante mais de cinco segundos, de modo que ele descobrisse que sou capaz de ouvir.

– Vejam aqui uma cópia dos exames de imagem que temos do cérebro da paciente. Bem entendido, apenas as imagens mais claras. Aqui estão os exames feitos quando ela foi internada em julho e outros de dois meses atrás. Aguardo comentários.

Dessa vez, eles empregam mais que cinco segundos. Eu os ouço cochicharem, mas perco os detalhes. Tudo é técnico demais para mim, e sinto o estresse que os invade. Dá a impressão de que estão sendo avaliados.

– E então? – pergunta o médico. – O que se pode dizer desse caso?

Um dos residentes à minha direita toma a palavra:

– Os exames de imagem não indicam melhora entre julho e novembro?

– Efetivamente, mas eu gostaria de ter mais detalhes. Vocês devem sempre justificar aquilo que estão pensando. Espero argumentos por escrito para amanhã em meu consultório. Isso exigirá de vocês algum estudo hoje à noite.

Ouço murmúrios de protesto, mas os médicos residentes se acalmam rapidamente.

— Quem mais? — retoma o médico.

— Doutor? — chama outro residente.

— Sim, Fabrice?

— Podemos falar sinceramente?

— Falamos sempre sinceramente aqui. Mesmo que nem sempre falemos a verdade.

— Podemos também dispensar desvios? — pergunta o residente de nome Fabrice.

— Entre nós, sim — responde o médico. — Na presença de parentes, melhor não. Sempre adapte seu diagnóstico às pessoas que estiverem diante de você. Vá em frente, estamos todos ouvindo.

— Bem... Ela está fodida?

Ouço algumas risadinhas, mas os gritinhos se interrompem rapidamente.

— Claro que não há volta, Fabrice — observa o médico. — Mas, efetivamente, você tem razão. De acordo com todos os dados que vocês têm diante dos olhos, com os comentários dos diferentes especialistas que a examinaram e com a notável ausência de melhora no decorrer dos três últimos meses, essa paciente beira os 2% de chances de recuperação.

— Apenas 2%? — pergunta o primeiro residente.

– Na remota hipótese de ela despertar, não sabemos em que medida seu traumatismo terá afetado suas capacidades. Olhando as áreas afetadas, podemos pensar na fala, na motricidade do hemisfério direito, em uma insuficiência nervosa pronunciada no nível das áreas de preensibilidade, na incapacidade respiratória que já constatamos, na...

Eu me esforço para pensar em outra coisa. Procuro desesperadamente me afastar do que o médico está dizendo. Não quero ouvi-lo dizer nem uma palavra a mais. Porém, ouvir é a única coisa que ainda sou capaz de fazer e, pela primeira vez, queria muito não poder fazê-lo.

Me agarro a pensamentos furtivos. A única coisa que me vem à mente, e na qual consigo me estabilizar, é Thibault. Não sei praticamente nada dele, o que me permite imaginar um montão de coisas. Fico divagando por um momento, mas a voz do médico acaba me trazendo de volta.

– ... portanto, 2%.

– Isso é quase zero de chance, não? – pergunta um residente que eu ainda não ouvira.

– Praticamente, sim. Mas nós somos cientistas e não nos pautamos pelo *quase*.

– Então, isso quer dizer que... – começa o residente.

– É zero! – determina o médico.

Um carrinho tomba com estrondo no corredor, como se estivesse ratificando o fechamento de meu diagnóstico. Os residentes estão rabiscando notas. O médico deve estar contente consigo mesmo. Seu estudo de caso, o 52, está concluído. Ele pode passar para outra coisa. Mas parece que ele ainda não acabou.

– Qual é a próxima etapa? – pergunta.

– Comunicar à família? – propõe o primeiro residente que já falara antes.

– Exato. Já comecei uma abordagem há alguns dias, para que eles pensem no assunto.

– O que é que eles disseram? Se não for demais perguntar...

– Que iriam pensar. A mãe parecia conformada, o pai, contra. Vocês vão observar muitas situações como essa. É muito raro que todos os parentes entrem em acordo. Trata-se quase de um efeito natural de contradição. Não se pode falar levianamente de desligar a aparelhagem eletrônica de um paciente mergulhado no coma.

Não gosto nada da maneira como esse médico fala de meus pais, mas tenho de reconhecer que ele tem razão.

– Mas eu acho que é exatamente o que acabamos de fazer – diz de repente o primeiro estagiário.

Estico a orelha, ainda mais que antes. A observação deve ter surpreendido até mesmo o médico-chefe, porque ele não responde de imediato.

– Pode se explicar melhor, Loris? – diz ele num tom de voz pretensamente neutro, mas quase sem conseguir disfarçar certa forma de dureza.

– Os termos que acabamos de utilizar, as aproximações que acabamos de fazer. O senhor diz que não se deve falar levianamente de desligar a aparelhagem eletrônica de um paciente mergulhado no coma. Contudo, parece que ouvi Fabrice dizer que ela estava *fodida*, e acho que ouvi perfeitamente 2% de chances virarem 0%. Se isso não é falar levianamente, creio que não estejamos falando a mesma linguagem.

Se eu pudesse me mexer, teria beijado esse residente. Mas acho que teria primeiro de defendê-lo porque, dado o tom de voz do médico-chefe, penso que Loris vai precisar da proteção de guarda-costas durante um bom tempo.

– Você está questionando o diagnóstico de seus confrades e futuros colegas?

– Não estou questionando nada, doutor – se defende o residente. – Só acho estranho sermos tão cruéis com uma paciente que, pelos últimos dados, está respirando perfeitamente diante de nós.

— Loris — retoma o médico como quem está tentando ter o máximo de paciência —, se você não é capaz de suportar o fato de ter de desligar a aparelhagem de alguém, não tem nada a fazer aqui neste setor.

— Não se trata de suportar ou de não suportar, doutor. Trata-se de processar os fatos. O senhor diz 2%. Para mim, são 2%. Não 0%. Enquanto não chegarmos a zero, avalio que ainda tenhamos alguma esperança.

— Você não está aqui para ter esperança, Loris.

— Estou aqui para quê, então? — responde o residente, decididamente insolente.

— Para concluir que o caso está decidido. Resolvido. Encerrado. É impossível restabelecer a cadeia vital dessa paciente. Como disse seu colega, ela está fodida. E pouco me importa se o termo lhe agrada ou não.

Nesse momento, acho que Loris esta noite vai ter de enfrentar todos os residentes do hospital.

Meu quarto está silencioso. Imagino Loris enfrentando o olhar do médico-professor durante um momento e, depois, baixando os olhos. Imagino todos os demais fingindo redigir um relatório rápido. Pelo menos, a sessão acabou. É bem difícil testemunhar esse tipo de situação, especialmente quando ela diz respeito a você. Mas tenho de acreditar que me enganei uma vez mais.

— Tome, Loris. Uma vez que você se apegou tanto a essa paciente, é você quem vai anotar as conclusões de nossa junta médica.

Ouço meus "dados e cuidados médicos" se deslocando para minha direita. Alguns rabiscos de lápis depois, o prontuário volta para o médico.

– Humm... Muito bem resumido, Loris. Se você não fosse tão teimoso, eu certamente o contrataria uma vez concluída sua residência. Mas, veja, você esqueceu um importante detalhe.

– Qual?

O jovem médico-residente não parece mais tão eloquente, e eu o entendo. Esse médico começa a esquentar seriamente meus miolos.

– Na primeira página – retoma o médico. – Podemos acrescentar isso.

– O que isso significa? – pergunta outro residente.

– Loris? – convoca o médico. – Pode responder a seu colega?

Eu consigo imaginar perfeitamente os punhos cerrados e o queixo crispado do residente que só fez tomar minha defesa desde que entrou em meu quarto. Em compensação, não sei nada do que foi acrescentado na primeira página de meu prontuário.

– Isso significa que declaramos oficiosamente nossa intenção de desligar a aparelhagem dela e que estamos esperando simplesmente a autorização da família para decidir uma data.

8.

Thibault

Me sinto muito bem hoje. Mesmo tendo me levantado mais cedo que de costume.

Ajudei um colega com um dos projetos eólicos. Ganhei o direito a uma garrafa de suco de pera. Era um presente excelente, que terminei rapidamente, mas eu tinha um bom pressentimento desde que saí da cama.

E quando entendo por quê, no decorrer da manhã, quase me dá vontade de rir.

Hoje é segunda-feira, e preciso levar minha mãe ao hospital à tardinha. É a primeira vez que encaro o trajeto sorrindo.

– Thibault? Que ar de bobo é esse em sua cara?

Sou brutalmente arrancado de minhas reflexões e vejo o colega que ajudei esta manhã. Ele me encara bem desconfiado, como se estivesse tentando ler alguma coisa em minha expressão. Sinto a pergunta seguinte vindo a quilômetros de distância, mas também estou curioso pelas respostas que eu poderia dar.

— Ééé... Do que você está falando? — digo, bobamente.

— Desse sorriso aí — responde ele, apontando para minha boca.

— Você também está rindo — eu me defendo

— Porque estou tirando um sarro de você. — Ele ri.

— E então? Por que esse ar de felicidade?

— Vá cuidar de sua vida.

— Tradução: é uma garota.

— Cuide de sua vida, já disse!

— Tradução: sim, tem mulher na jogada! Ei, pessoal! Thibault arranjou...

Arrasto meu colega pelo ombro e, com a outra mão, tampo-lhe a boca. É de dar dó minha imitação de um gângster desmascarado no ato do crime, e meu colega explode de rir através de meus dedos. Mesmo assim, ele percebe que não estou a fim de explorar esse assunto e se cala.

— É muito mais complicado do que aparenta — digo retirando minha mão, que não estava servindo de nada.

— Está bem — me responde o colega, sem parar de rir. — Você nos dará melhores informações quando souber mais dessa história.

Ele se afasta com um piscar de olhos. Volto a afundar em meus pensamentos.

Realmente, é muito mais complicado do que parece. Me sinto feliz com a ideia de visitar uma garota em coma.

Passo o dia entre trabalho e reflexões variadas, que sempre me conduzem a Elsa. Às vezes, penso em meu irmão. Quando dá dezessete horas, o que mais quero é dar logo no pé.

Passo para pegar minha mãe na casa dela. Tenho a impressão de que ela está melhor. Paro no estacionamento do hospital e descemos do carro. Parece que continuo com o sorriso bobo.

— O que está acontecendo, Thibault? Hoje você está com um ar de quem viu passarinho verde.

— Nada de especial.

Ao contrário de meu colega, ela se contenta imediatamente com minha resposta. Aceito ir de elevador, em vez de ir pela escada. Saímos no corredor do quinto andar.

— Você não quer visitá-lo hoje? — tenta ela.

— Não.

— O que vai ficar fazendo enquanto me espera?

— Dormir, com certeza. Talvez falar.

— Falar com quem? — Ela se admira.

— Com as paredes — respondo suspirando.

Paramos na porta do quarto 55. Vejo minha mãe entrando no quarto. Entrevejo rapidamente o leito de meu irmão. Os lençóis estão cobertos por um monte de coisas. Papéis de embrulho, revistas, controles remotos. Pelo barulho que escapa, a TV está ligada. Hesito meio segundo, depois deixo a porta se fechar.

Não. Ainda não estou pronto.

Então me desvio do 55 para me aproximar do 52. Entreabro a porta apenas o suficiente para deixar passar minha cabeça. Perfeito! Ninguém. Fecho a porta delicadamente atrás de mim, como se tivesse medo de acordar a ocupante daquele lugar. É engraçado! Não consigo decidir que comportamento vou ter com ela.

Bastam três passos para eu saber que algo mudou. Sinto uma diferença, e essa diferença não me tranquiliza em nada. Uma parte do quarto está muito limpa e, mesmo assim, na entrada, há muitas pegadas no chão. O jasmim está mascarado sob muitos outros odores e, ao me aproximar do leito, percebo pedacinhos de borracha deixados para trás.

Veio gente aqui hoje. Estranho. Talvez a família de Elsa, algo que seria muito inesperado. Talvez os amigos dela, algo bem mais provável. Isso explicaria os muitos rastros no chão. Mas não consigo entender por que eles teriam feito desenhos a lápis. Mas logo deixo tudo isso de lado para me concentrar em Elsa. Ou, melhor, para me concentrar em "mim e em Elsa".

Desde cedo, estou quase eufórico com a ideia de voltar a este quarto de hospital.

O que não é normal.

Fico me repetindo. Isso não é normal. Isso não é normal. Não existe nada de normal em ficar animado por causa de uma visita a uma paciente que não se mexe, não sente, não pensa e não fala, e que, ainda por cima, é uma desconhecida.

Pela enésima vez, desde meu primeiro erro de orientação neste hospital, me pergunto o que estou fazendo aqui. Pela enésima vez, continuo sem resposta. Mas tudo bem, parece que temos direito de, às vezes, não saber. É isso o que me diz meu diretor, mas ele sempre acrescenta logo depois: "Desde que isso não dure mais que um dia." Nesse caso, já passei muito do limite das vinte e quatro horas. Talvez eu tivesse de estabelecer um limite para mim mesmo.

Como não consigo avançar em minhas reflexões, avanço com minhas pernas até a cadeira empurrada para um canto. Parece que todo mundo ficou de pé neste quarto. Ignoro completamente o prontuário ao pé do leito. Pelo que entendi em minha primeira visita, os médicos não são muito eloquentes nesses pedaços de papel. E pelo que vejo diante de mim, não há nem mais nem menos cabos, canos, nem outros aparelhos ligando Elsa a sua vida terrena.

É como se nada tivesse mudado desde a última vez.

Talvez seja essa a razão de minha teimosia em continuar vindo aqui.

De repente, isso me parece evidente, a ponto de eu suspirar. Claro que é por isso que continuo vindo aqui! Nada muda neste quarto. Elsa está sempre aqui, impassível, imóvel, respirando sempre no mesmo ritmo. Os objetos sempre postos nos mesmos lugares, pelo menos, os poucos que há. Só a cadeira principal navega alguns centímetros ou metros, senão diríamos estar numa bolha onde o tempo parou.

Uma bolha à qual tenho um acesso temporário.

Até quando vou ficar nessa bolha? Até quando Elsa vai ficar nessa bolha?

Me sento resmungando. Genial, acabo de encontrar a resposta para uma pergunta e me deparo com duas outras perguntas! Portanto, meu limite é sempre a atualidade.

Reflito por um instante. Hoje é segunda-feira. Talvez uma semana. Será certamente razoável eu fixar a próxima segunda-feira como limite para tomar uma decisão sobre o que estou pretendendo com essas visitas. Ao mesmo tempo, também não tenho outras trinta e seis possibilidades. Ou seja, continuo vindo, ou deixo de vir. Quanto a Elsa, ou ela permanece inconsciente ou desperta. Não tenho a menor chance de achar a resposta para Elsa, mas posso achar a minha. Mas enquanto espero, por hoje, decido dar um tempo. Vou parar de me fazer tantas perguntas.

Já descalcei meus sapatos e tirei minha jaqueta. No inverno, é como se usássemos roupas de astronauta, como essa jaqueta aqui. Arrumo as luvas, o cachecol, meus documentos, a chave do carro, de casa e as da casa de minha mãe. Alguém poderia dizer que carrego meu apartamento inteiro comigo. Mesmo assim, ainda é pouco! E olhem que nem tenho tanta coisa assim em meu apartamento.

Eu não queria guardar nada do que tive em comum com Cindy. Por isso me desfiz de um monte de coisas úteis e inúteis. Minha mãe sempre diz que eu deveria personalizar um pouco meu apartamento, mas ela também diz um montão de coisas que ignoro deliberadamente, e essa é uma delas.

Eu me instalo confortavelmente na cadeira, pelo menos tento. Resmungo outra vez ao perceber que esqueci de pegar uma almofada ou algo para tornar esse assento mais macio que o plástico rijo. Lanço um olhar para minha jaqueta. Sem a menor chance de ela amaciar suficientemente a cadeira toda. Olho em volta de mim como se esperasse encontrar imediatamente uma solução. Não vejo nada. Vou ao banheiro contíguo que não serve a ninguém e confirmo, ele não serve a ninguém, porque não há uma toalha nem um roupão que pudesse funcionar como almofada. Volto para o quarto e vejo qual é minha única possibilidade. Hesito e me dou conta de que estou sendo soberbamente mal-educado desde que cheguei.

– Merda! Éééé... Perdão, Elsa. Bom dia. Estou zapeando desde que entrei. Estava pensando. Sim, de vez em quando eu penso... Estou com coisas demais na cabeça para poder lhe fazer um resumo. Então você vai ter de se contentar com isso. E depois, francamente, não tem como você me ajudar a encontrar as respostas.

Olho uma última vez ao meu redor. Não gosto muito da solução que encontrei, mas sempre é melhor que nada... quem vai saber? A única pessoa que poderia se incomodar não se dará nem conta.

Me aproximo do leito e enfio as mãos através dos cabos. Quando meus dedos apertam o travesseiro, meus músculos se crispam. Não posso. Mesmo porque um corpo inanimado tem seu próprio peso, e mesmo que Elsa não deva passar dos cinquenta quilos, isso ainda é um peso considerável. Depois, porque não me vejo privando-a de seu conforto, mesmo que ela não perceba nada. Tenho a impressão de estar me aproveitando de alguém. E eu não sou desse tipo.

Fico imóvel durante alguns segundos, depois retiro minhas mãos e devolvo cuidadosamente a seus lugares cabos, canos e outros dispositivos. Elsa não se moveu um centímetro; ao mesmo tempo, não vejo como poderia se mover.

– Você se lembra de quando eu lhe disse que a cadeira não era confortável? – digo, me virando para o objeto em questão. – Pois bem, continua igual! Eu queria pegar emprestado um de seus travesseiros, mas vejo que você está muito bem acomodada neles e, depois... isso não seria muito elegante de minha parte. Azar o meu, desta vez! Vou suportar a cadeira dura como um pedaço de pau enquanto você fica superconfortável entre seus lençóis.

Depois de dois minutos, estou absolutamente convicto de que essa cadeira é um instrumento de tortura, concebido para expulsar visitas. Médicos e enfermeiras não gostam de quartos cheios. Com esse tipo de mobiliário, eles garantem que as pessoas não fiquem muito tempo. Eu me remexo no plástico pensando seriamente em ir embora. Teria só de me enfiar no carro e lá ficar esperando minha mãe.

Mas não quero ir embora.

Meu livro-cujo-herói-pode-ser-você dá um giro na minha cabeça e me remete imediatamente à página 13: "Você só tem uma saída."

Sim, eu sei qual é essa solução, mas francamente não é a melhor. Ela chega a ser claramente inoportuna, e, se alguém entrar no quarto, aí não vou poder me sair com um "sou um amigo".

Suspiro pela quadragésima vez desde que cheguei e me levanto. Me sinto um adolescente que vai confessar aos pais que fez uma besteira. Com a exceção de que vou avisar antes de fazê-la.

— Bom, Elsa. Esta cadeira é simplesmente impossível. Então, ou vou embora... ou você abre um espacinho aí.

E já vou contornando o leito para me instalar do lado da janela. Acho que ali há mais espaço, mas é apenas impressão, porque Elsa está bem no centro, no limite para que o colchão acomode bem seu corpo. Venho para esse lado, sobretudo para ter alguma espécie de proteção no caso de alguém entrar no quarto. Com um pouco de sorte, ninguém me verá deitado aqui de imediato. Com muita sorte, ninguém entrará. E, com uma sorte ferrada, as pessoas terão piedade ao me verem escondido atrás de uma paciente afundada no coma.

Outra vez, ponho minhas mãos por baixo de Elsa tomando o cuidado de puxar o lençol junto. Não tenho coragem de encostar minhas mãos diretamente na camisola que recobre seu corpo frágil. Tento erguê-la para empurrá-la um pouquinho, sem deslocar os cabos, nem qualquer outra coisa. Mas não consigo.

Quadragésimo primeiro suspiro desde que entrei. Pego o prontuário aos pés do leito. Ela pesava cinquenta e quatro quilos quando deu entrada no hospital. No estado em que está, deve ter perdido facilmente uns seis, se não mais. Santo Deus! Não tenho força para levantar quarenta e oito quilos. Preciso entrar numa academia.

Desisto da ideia de deslocar Elsa e me contento em passar todos os fios para o outro lado. Me deito silenciosamente perto dela, reto como um I nos trinta centímetros de colchão que me restam, e relaxo imediatamente. Controlo um grito.

O colchão é estranho. Completamente diferente do que tenho em casa, isso é certo. É um tipo de colchão que nunca experimentei. Em minha cabeça, tudo se encaixa rapidamente demais. Elsa está deitada ou semissentada sobre essa geringonça há muitas semanas, trata-se de um material adaptado para esse tipo de situação.

Depois que me tranquilizo, volto a me esticar de novo, de costas para Elsa. Não obstante sua falta de atividade, seu corpo quente faz o papel de um cobertor.

Muito confortáveis esses colchões...

Adormeço em menos de dez segundos.

9.
Elsa

Mesmo que pudesse me mexer, ainda assim não me moveria. Ficaria imóvel, especialmente para não perturbá-lo, silenciosa, sobretudo para não acordá-lo. Talvez até me permitisse virar um pouco para vê-lo dormir, mas nada além disso.

Acompanhei toda a movimentação de Thibault com uma atenção aguda. Jamais esperaria que ele se deitasse a meu lado. Poderia ser encarado como algo mórbido tentar dormir no mesmo leito de uma pessoa em coma, contudo, uma vez mais, meu visitante me surpreende. E pensar que minha mãe praticamente não ousa me tocar. Thibault se encostou completamente em mim. Pelo menos acho que foi isso que fez. Meu leito não é exatamente grande. Forçosamente deve haver partes de nós em contato.

Contato... Eu correria para ele como uma garotinha diante de um sorvete de chocolate. Quase vinte e uma semanas sem experimentar a menor sensação tátil. Sobretudo porque a última foi a da neve contra meu corpo todo, algo que não é exatamente uma ótima lembrança. Sem dúvida, eu daria com alegria todos os meus mosquetões para sentir apenas um pedacinho de Thibault encostado em mim. Haveria, claro, montes de roupas e de lençóis entre nós, mas com certeza seu calor passaria através de tudo, e isso me bastaria.

Sendo sincera, o contato poderia ser com qualquer pessoa. A auxiliar de enfermagem faz minha higiene pessoal todo dia, minha irmã põe a mão normalmente em mim, ao que me parece, e quando Steve, Alex e Rebecca vêm eu tenho direito a beijo na testa. Mas com Thibault é completamente diferente. É minha relaçãozinha privilegiada. É minha lufada de oxigênio. Uma lufada de oxigênio da qual não conheço o menor detalhe físico.

Por reflexo, mando meu cérebro fazer minha cabeça girar e abrir minhas pálpebras. Entendo a bobagem que estou fazendo ao pensar na etapa seguinte: "Dizer a meus neurônios que ponham meus olhos em atividade." Isso não adianta de nada. Os médicos o disseram hoje de manhã.

Começo a entrar em depressão ao mesmo tempo em que passo a detestar esses médicos, futuros médicos, estagiários e residentes, incluindo aquele que mais ou menos tomou minha defesa. Todos eles passam por aqui, sem exceção. Em meu delírio de cólera, eu os imagino com cabeças assustadoras e gênios irascíveis. Chego até a pensar que haverá algum deles que fará um diagnóstico errado algum dia em sua carreira, depois me recomponho bruscamente.

Não. Um diagnóstico errado significaria uma pessoa que não conseguiria se curar. Não posso lhes desejar isso. Especialmente porque essa pessoa poderia ser eu.

Poderia ser eu...

Poderia ser eu!

Se eu não estivesse em coma, me levantaria num pulo gritando algo do gênero: "Boa menina", mas me satisfaço em me felicitar interiormente.

Poderia ser comigo o diagnóstico errado, com a história deles dos 2% que não entendi.

Meu moral se recompõe de imediato. Tenho a impressão de ser um desses balanços de crianças nos parques públicos.

Poderia ser eu. Eu poderia despertar, provar a eles que estão errados. Afinal, ninguém imagina que eu possa ouvir e, vejam só, é isso o que está acontecendo. Se eu pudesse abrir os olhos ou dar um sinal de atividade qualquer...

A questão é: como fazer? Por enquanto, tudo o que fiz foi ouvir e esperar. Mas será que tentei realmente fazer outra coisa?

Cinco minutos atrás, literalmente fugi da tentativa de virar a cabeça. Não fiz o menor esforço, porque achei que não conseguiria. Eles são todos tão categóricos, mas nenhum deles viveu o coma em meu lugar. Então, suas teorias... Me dou a liberdade de duvidar delas.

Uma parte no fundo de mim também tem de admitir que o médico-chefe me provocou muita raiva. Só para irritá-lo, eu queria poder acordar. Mas hoje, aqui, agora, sinto que é por outro motivo que eu queria acordar. E até agora nunca fiz o esforço de tentar. Essa ideia nem me passou pela cabeça, mesmo que isso seja só o que faço: pensar.

Claro que o esforço geralmente implica ter o controle dos próprios músculos, sem falar da totalidade do cérebro. E eu não controlo nem um nem outro, exceto a região auditiva, mas se esta parte aceitou funcionar de novo, por que as outras não poderiam aceitar também? "Mistério", como Steve diz o tempo todo: como é que pretendo me virar com isso?

A resposta vem de imediato. Como se ela tivesse esperado esse exato momento para aparecer. Tudo o que posso fazer é pensar, visto que, na situação atual, não posso fazer nada além disso. Pensar que estou virando a cabeça. Pensar que estou abrindo os olhos e pondo minha retina para funcionar. Imaginar firmemente que sou capaz disso.

Imediatamente me entrego à tarefa.

O fato de ter um objetivo oculto ajuda muito. Bom, ele não é lá muito oculto. Morro de vontade de ver Thibault. Se eu conseguir virar a cabeça, isso já será uma conquista e tanto, depois, abrir os olhos e ver será considerado um milagre na Terra, eu poderia finalmente descobrir as feições de meu visitante favorito.

A essa altura, eu estaria roxa diante de meus próprios pensamentos, mas a verdade é que meus pais não são mesmo uma boa companhia quando me visitam. E Steve, Alex e Rebecca não vêm com muita frequência. Fico com pouco espaço de manobra na hora de decidir quem merece uma medalha.

Passo todo o tempo em que Thibault fica dormindo me dando a ordem de virar a cabeça e abrir os olhos. Alterno entre as duas ordens, porque tenho de reconhecer que a operação é mesmo muito cansativa, mas tenho a respiração de meu colocatário temporário de leito para me motivar. A cada uma de suas inspirações, me imagino virando a cabeça; a cada uma de suas expirações, me imagino abrindo os olhos. O modo como represento Thibault muda um pouco a cada vez. Mas percebo que há alguns pontos que não mudam. Estou convicta de que ele tem cabelos castanhos, mesmo não tendo o menor motivo para achar isso.

Prossigo em meus esforços mentais até ouvir movimento à minha direita. E compreendo que Thibault não está apenas se mexendo enquanto dorme, mas que está acordando mesmo. Deve fazer mais de uma hora que ele adormeceu e que eu tento em vão virar a cabeça. Tenho certeza de que ele dormiu para valer, mas não tenho a menor certeza de minha nova atividade. Não tenho a menor ideia dos resultados, além do fato de eu não sentir absolutamente nenhuma mudança.

Os barulhos de Thibault acordando me tiram de minhas reflexões. De acordo com o que ouço, ele está se sentando para se levantar e, de repente, fica imóvel. Começo a me perguntar por que está parado assim quando sua respiração regular a um metro e meio de mim se interrompe bruscamente.

— Merda! Os cabos!

Sua exclamação me teria sobressaltado. Estou curiosa para saber qual é o problema com meus fios.

— Ah! Devo ter empurrado você, ou sei lá o que fiz, enquanto dormia, e isso mexeu com todos esses troços. Felizmente nenhum deles se desconectou!

Ouvi-lo reclamar quase me diverte, mas não me lembro de ele ter se mexido tanto para provocar o que está dizendo. Eu o ouço rearrumando um pouco o meu "cabeamento". Muitas vezes me perguntei com que devo me parecer no meio de todos esses "troços", como ele diz. Na primeira vez, eu disse a mim mesma que isso devia me fazer parecer com um inseto preso numa teia de aranha. Depois, preferi dizer que eu era um gancho no meio de um sistema de polias, o sistema de fixação para evacuar as pessoas de áreas com risco de fissuras. É um exemplo mais próximo de meu universo e certamente mais elegante. E, sobretudo, há uma noção de resgate. Enquanto no primeiro caso...

Tudo continua se mexendo em torno de mim quando a porta de meu quarto se abre. Thibault deve estar congelado como um picolé porque não capto mais nada vindo do lado dele. O novo intruso entra. Thibault continua sem dizer palavra.

– Bom dia. O senhor é um parente?

Reconheço a voz do residente que me defendeu essa manhã. Agora que eu sei de quem se trata, me pergunto o que está fazendo aqui, mas a resposta de Thibault me interessa bem mais.

– Não, sou simplesmente um amigo. E o senhor? Enfim, quero dizer... o senhor é o médico dela?

Traduzo o curto silêncio por um não dado com a cabeça.

— Sou apenas o médico-residente em ronda de inspeção.

— Ah!

Eu teria tido a mesma reação de Thibault. Em quase sete semanas, nenhum médico-residente veio fazer nenhuma ronda. Acho que deve ter sido o que aconteceu hoje de manhã que o abalou.

— O senhor queria fazer alguma pergunta? — interroga ele.

— Bem... Não, nada em especial.

Ouço Thibault dar a volta ao leito. Ele deve estar tentando juntar suas coisas para se mandar o mais rapidamente que possa. Quando Steve, Alex e Rebecca o surpreenderam, acabaram por fazê-lo ficar à vontade, mas hoje não tenho quase nenhuma esperança de que o residente consiga fazer o mesmo. Sobretudo porque ele se mantém num mutismo perfeito.

Tento imaginar a situação, já que não posso vê-la. De repente, lembro que Thibault ainda está só de meias e que os lençóis à minha direita devem estar bem desarrumados. Eu gostaria de poder rir e, ao mesmo tempo, tenho medo que seu pequeno empréstimo do meu colchão seja descoberto. Sentir a adrenalina do proibido ou, em todo caso, do insólito no qual pessoa alguma pensou, seria muito estranho.

Mas dá para achar que o residente não dá a menor atenção a esses detalhes, porque seu silêncio continua completo. Thibault se veste e se calça de qualquer jeito. Ter alguém olhando deve deixá-lo tenso.

Finalmente eu o ouço se aproximar de meu leito e se inclinar sobre mim. Estou surpresa. Ele teria a coragem de me beijar no rosto diante do médico-residente? Mas seu movimento se interrompe, ao mesmo tempo em que sua voz se manifesta.

– Sim, tenho uma pergunta.

Ou o médico-residente está imerso em reflexão ou faz apenas um sinal para que Thibault prossiga. Só sei que ele nem abre a boca, seja o que for que esteja fazendo.

– Para que servem todos esses fios?

A pergunta não é desprovida de interesse, e eu me vejo prestando atenção à resposta do residente, que aceita finalmente reabrir a boca. Ele guarda os termos técnicos para si e se contenta em explicar o essencial da função de cada perfusão, do tubo de ar, do medidor de pressão, e eu me desligo. Thibault ainda pede algumas informaçõezinhas complementares. Seu interesse me surpreende.

A aula improvisada de medicina acaba, e fico esperando que o residente deixe rapidamente o quarto. Tenho medo (isso é, penso nesse medo já que não posso senti-lo em minha barriga) que Thibault não ouse se despedir de mim do jeito de sempre. Mas, uma vez mais, sua atitude vai além de tudo o que eu esperava.

– Tchau, Elsa – murmura ele, tocando com seus lábios minha face.

Desta vez, não precisei forçar meu cérebro para tentar captar o contato. Todo o meu ser se concentra ali na face. Infelizmente, não sinto nada. Então, fabrico para mim mesma a sensação, pedacinho por pedacinho. Lábios quentes e macios, um beijo delicado.

– O senhor era o namorado dela? – pergunta o residente.

– Por que o senhor diz "era"? – retoma Thibault se levantando.

– Sinto muito, é porque... Já faz tanto tempo. Talvez o senhor tenha tocado sua vida desde então. Enfim, me perdoe. Isso não é de minha conta.

O médico-residente gaguejou demais em sua resposta. Felizmente, Thibault está longe de ter entendido. Eu sei perfeitamente por que ele disse "era". O médico-chefe dos residentes mais ou menos assinou minha sentença de morte hoje de manhã.

Noto que Thibault não responde ao residente, nem a seu pedido de desculpas, nem a sua primeira pergunta. Ele se contenta em se despedir antes de atravessar a porta. Meu visitante preferido deixa o quarto com esse climão no ar.

Só depois de certo tempo, eu me permito voltar minha atenção ao intruso. O residente aparentemente nem se mexeu. Começo até a me perguntar se não perdi o momento em que ele saiu, quando o escuto se movendo para as janelas à minha direita.

Não sei o que ele possa estar fazendo. Por alguns instantes, há um certo movimento, mas finalmente compreendo que está ao telefone.

– Sim, sou eu... Não... Plantão terrível, sim... O chefe... Deprimido? Quase...

Ele poderia ter respondido "totalmente", dada sua voz de túmulo. Mas a voz deve ficar um pouco diferente ao telefone. Talvez ele tenha tentado não aparentar depressão para não alarmar seu interlocutor.

– Oh, é só... Uma paciente... Sim, em meu plantão. Coma prolongado... O namorado dela acaba de sair do quarto.

Olhe lá, aqui você comete um erro, doutor residente. Thibault não é meu namorado. Mas não tenho como fazê-lo entender isso.

– Ééé... Sim, eu perguntei, mas ele não respondeu. Ele estava beijando o rosto dela, mas estava na cara que a intenção era beijá-la na boca. Ele não quis fazer isso porque eu estava presente... Ah! Claro! Ele ainda tem alguns dias para beijá-la.

Eu me bloqueio imediatamente, por duas razões. A primeira porque Thibault teria dado a impressão de querer me beijar "na boca". A segunda porque o residente começou a soluçar. Mas, por favor, o que é que está acontecendo?

– Perdão, é assustador o que acabei de dizer... Sim, eu sei! Mas... Eles querem desligá-la! Você não percebe?... Sim, isso faz parte de minha profissão, mas... É que isso acaba comigo. Ah... Espere... Meu bip está vibrando.

Realmente, fazia um tempinho que eu tinha localizado a vibração sem ter sido capaz de identificá-la.

– Eu preciso ir... Sim... Hoje à noite... Também te amo...

Ouço um profundo suspiro escapar do médico-residente antes que ele feche a porta atrás de si. Eu teria dado o mesmo suspiro se pudesse fazê-lo.

10.

Chibault

Pisco os olhos, dando como desculpa o brilho violento dos néons para evitar o olhar de minha mãe. Estou de novo no hospital, como se jamais tivesse ido embora e, pela segunda vez em menos de uma semana, estou quase feliz com isso.

Hoje é quarta-feira, dia de visita, até agora idêntico à segunda-feira. Trabalho, sorriso bobo notado pelos colegas, desvio para ir buscar mamãe, pausa diante do quarto 55, tentativa de minha mãe de me fazer entrar no quarto de meu irmão.

Finjo não ver nada. Ainda tem o dissabor de minha tentativa de segunda-feira. E não estou com clima para recomeçar.

Além do mais, tenho coisa bem melhor a fazer.

Me dirijo ao quarto 52. A foto continua em cima do número do quarto. Agora que os amigos dela me explicaram, duvido que Elsa ame essa geleira em particular. Ainda tenho dificuldade de entender sua paixão, considerando especialmente para onde ela a trouxe.

Me apoio na maçaneta e congelo. Uma voz lá dentro, uma voz que, por sinal, acaba de se interromper ao ouvir o barulho do trinco. É a voz de uma moça, estou certo disso. E não é a da Rebecca da primeira vez. Ouço uma cadeira que recua, depois barulho de passos hesitantes. Solto a maçaneta buscando uma saída rápida, devo estar de dar pena.

Quem quer que seja, não estou disposto a explicar as razões de minha presença aqui. Inventar outra mentira ou dizer uma meia-verdade. Estou cheio disso. Queria apenas descansar um pouco num lugar tranquilo. Ninguém na posse de suas faculdades mentais aceitaria essa justificativa. Quer dizer, ninguém, exceto Rebecca e o namorado. Steve não tinha cara de ter gostado muito da coisa.

A escada está muito longe para eu me refugiar ali. Essa moça certamente me verá correndo assim que abrir a porta. Ridículo. Mas a possibilidade de eu me jogar numa cadeira a poucos metros daqui também é. Mas, mesmo assim, funciona. Faço o tipo entediado, nossos olhares mal se cruzam. Ela parece uma estudante de uns vinte anos, que observa o corredor com incredulidade antes de se conformar.

Meus ombros relaxam e eu me afundo um pouco mais na cadeira. Eu estava dizendo que me achava ridículo, mas devia dizer medíocre. Acompanho minha mãe em sua visita a meu irmão no hospital e só desejo uma coisa, me ancorar no quarto de uma paciente inerte, tudo isso em busca de tranquilidade.

Cometo erro em cima de erro. Com meu irmão, com minha mãe. Com relação à tranquilidade. Não é pelo fato de me recusar a ver um membro de minha família que Elsa deve sofrer a mesma coisa. A prova é que ela recebeu a visita de seus três amigos na semana passada e agora está recebendo a visita de outra pessoa.

Eu me surpreendo esperando que a pessoa vá embora logo. Acrescento "egoísta" ao lado de "medíocre" e me afundo na cadeira ainda mais.

É a primeira vez que fico parado no corredor do quinto andar. Então olho um pouco em volta. Primeiro, meus olhos localizam a escada, na qual eu poderia ir me esconder agora, mas finalmente, mesmo sentado no plástico duro, não tenho coragem de me levantar. Há uma janela no fim do corredor, duas portas basculantes no lado oposto, que devem dar no mesmo corredor asseptizado, e alguns quadros apagados nas paredes. Não entendo por que eles insistem em usar coisas ainda mais pálidas que o rosa envelhecido das paredes, que já dá ânsia de vômito... Talvez tenham receio de, com cores vivas, chocar as pessoas.

Mas numa UTI seria possível acreditar no contrário. De toda maneira... Não entendo nada disso. Jamais estive em coma, nem em recuperação pós-coma. Não faço a menor ideia do que as cores poderiam ter a ver com tudo isso. Devo estar divagando completamente. Para me encontrar imaginando como seria estar mergulhado no coma, devo estar mesmo com algum problema.

Me dou conta de que estou procurando algo com os olhos o tempo todo. Busco outro número, o 55. E me assusto ao ver que minha cadeira está justamente ao lado dele. Faz dois minutos que estou a dez centímetros da porta de meu irmão. Acredito que seja um grande feito eu ter ficado tanto tempo aqui, mesmo sem sabê-lo.

Esse é meu problema: o quarto 55 e seu ocupante.

Senão, por que tentaria imaginar o que causa o coma? Desculpas, lições, explicações e confissões assinadas. Isso é tudo o que pude perceber desde que ele despertou. Mas como seria estar no lugar de meu irmão? Ter bebido demais certa noite sabendo pertinentemente que isso é perigoso? Ter atropelado duas adolescentes sem nem mesmo perceber isso? Parece que ele nem chegou a desmaiar quando lhe explicaram todo o ocorrido no momento em que acordou. Espero que tenha levado o choque de sua vida.

E durante esses dias de inércia nesse leito, perdido em algum recanto de sua cabeça enquanto o corpo se recuperava, o que tudo isso provocou nele? Como se sentia? Ou não sentia nada? Ele não vivia nada? Você faz o que quando está em coma? Reflete? Ouve os outros? Os médicos tinham dito para conversar com ele, eu não articulei uma só palavra.

Já com Elsa, isso levou menos de dois minutos.

Mas Elsa, não quero isso para ela. No caso de meu irmão...

Um burburinho vem perturbar meus pensamentos. Viro vagamente a cabeça para o lado, mantendo-a apoiada na parede. Meu coração acelera quando compreendo que é a voz de minha mãe sendo filtrada pela fresta da porta. Ela insiste mesmo. Ela nunca fecha essa porta, como se ainda esperasse que eu fosse mudar de opinião.

Levanto cegamente o braço esquerdo, tentando alcançar a maçaneta para puxar a porta de uma vez por todas, quando meu nome desliza no meio do burburinho. Eu tinha ignorado automaticamente as palavras, mas meu próprio nome é muito difícil de ignorar.

– ... não quer entrar ainda.
– O quê? Não sou mais o irmão dele?
– Como é que você pode culpá-lo?

Noto que minha mãe não respondeu de verdade à pergunta. Talvez porque não tenha a resposta exata ou então porque se recuse a externá-la diante dele. Nem eu mesmo sei o que eu mesmo teria dito. É certo que eu o odeio desde que ele provocou esse acidente, mas carregaremos para sempre o mesmo nome, teremos a mesma mãe, e isso está escrito preto no branco nos registros do cartório civil.

Mas não consigo mais dizer o que realmente forma uma família. Uma família se respeita, se ama, enfrentam-se os altos e baixos, mas sempre se encontra uma harmonia, um equilíbrio. Como Gaëlle e Julien. Já meu irmão, mergulhou noventa metros debaixo da terra, mas eu me recuso a segui-lo. Minha mãe faz idas e vindas regulares, diz que ele vai voltando aos poucos. Não tenho a menor vontade de cavar para puxá-lo para a superfície. Ele se enfiou lá sozinho, agora tem de tirar sozinho a terra de cima de si.

– ... medo.

Reabro os olhos de uma vez. Meu cérebro tinha bloqueado todos os sons de novo, mas não pôde bloquear esse, sobretudo porque escapou da boca de meu irmão. Mesmo não querendo, estico a orelha.

Então, vem um longo silêncio. Minha mãe não quis responder ou então respondeu bem baixinho. Minha mão continua suspensa ao lado do trinco, meu coração está batendo na garganta.

– Eu tive medo. Ainda tenho medo.

O pouco de ar que eu tinha nos pulmões fica bloqueado e tenho a sensação de que um filete de água corre por todo o meu corpo. Começo a tossir anarquicamente e escondo o rosto nas mãos. Mesmo que eu quisesse escutar a continuação da conversa, não teria conseguido. De todo modo, foi nesse momento que vi a moça sair do quarto de Elsa.

Enquanto minha respiração continua a se estrangular na garganta, eu a vejo tomando o elevador. Assim que as portas se fecham, pulo da cadeira e corro para o nº 52 recuperando minha respiração.

Aciono a maçaneta como quem lança um pedido de socorro e fecho a porta e me apoio nela. Estou tão tenso que até se poderia dizer que estou impedindo uma multidão de entrar no quarto. Fugi do quarto 55 na expectativa de não ouvir mais nada. Efetivamente, agora não escuto nada além da assistência eletrônica de Elsa. Mas meus pensamentos permanecem lá, e são eles que estou tentando deixar lá fora no corredor.

Se meu irmão teve medo, ele bem que mereceu. Se ele ainda tem medo, continua sendo bem merecido. Mas isso talvez seja a prova de que se arrepende.

Balanço a cabeça cerrando os punhos. Me recuso a encontrar desculpas para ele ou a aceitar qualquer tipo de redenção. Quero continuar a detestá-lo. Mas ele continua sendo meu irmão, ao menos em parte. Então, talvez eu possa detestá-lo parcialmente.

Mas isso não faz nenhum sentido. Nada aqui faz sentido. Nem mesmo minha presença no quarto 52. E mesmo assim aqui estou, e o cheiro de jasmim vai aos poucos entorpecendo meu espírito. Encontrei minha boia de salvação, o sinal luminoso que me conduz para terra firme depois de uma viagem pelas profundezas. Encontrei meu refúgio, e ele é bem melhor que a escadaria do hospital.

Bem melhor que uma cadeira num corredor ao lado do abismo onde meu irmão se afundou.

★

— Tome, eu lhe trouxe isso.

Julien me estende um livro amarelo e preto antes mesmo de me cumprimentar. Ele ainda tem neve no boné e suas bochechas estão completamente vermelhas. Cheguei ao bar alguns minutos antes dele, já deu tempo de me aquecer.

— Livro sobre o quê? — pergunto, pegando o casaco dele para pôr na banqueta a meu lado.

— Leia o título. Acho que será suficiente.

Julien se concentra em tirar cada uma das camadas de roupa que o recobrem até ficar de camiseta. Pego o livro de cima da mesa. *Coma para os estúpidos*. Como é que tiveram coragem de publicar um livro desses? Logo deixo de lado o grosso volume e me concentro em Julien. Ele acaba de fazer nossos pedidos e fica mais à vontade em sua cadeira.

– Achei que você não viria – disse a ele quase pedindo desculpas.

– Negociei uma horinha com Gaëlle. Posso tentar fazer algo melhor. Acho mesmo. Talvez haja uma solução para podermos passar mais tempo juntos.

– Qual? – pergunto com esperança, porque não tenho absolutamente a menor vontade de voltar para casa logo.

– Gaëlle sugeriu que você fosse lá para casa outra vez, como na última quarta-feira.

A atenção de Gaëlle me emociona, mas recuso imediatamente o convite.

– Espere, não vou me enfiar na casa de vocês toda vez que tiver vontade de ver você. Pior para mim, porque eu podia ter deixado para me deprimir ontem, amanhã...

– Não, justamente para essas coisas não se decide dia nem hora. E você conhece Gaëlle. Sabe que ela não dá ponto sem nó. Sempre tem alguma negociação em mente.

— O que será que ela quer?

— A mesmíssima coisa da última vez, isto é, você cuida de Clara durante a noite e também um pequeno acréscimo.

Julien acrescentou a última parte com um sorrisinho de desculpas. Começo a me angustiar. Gaëlle tem uma escala "pequeno/grande" completamente deformada.

— Diga logo. Qual é o enorme acréscimo que ela me pede?

— De fato, é mesmo um enorme acréscimo que nós dois estamos lhe pedindo.

— Pare com isso, agora a coisa está saindo do normal – brinco.

— A gente queria que você cuidasse de Clara no fim de semana.

— O quê???

Meu "quê" sai como o grito de um pato estrangulado, e muitos dos clientes das mesas próximas param para olhar para mim. Eu os ignoro fixando Julien como se ele acabasse de anunciar que estava de mudança para o outro extremo do país.

— Você é louco? Um fim de semana inteiro?

— Da noite de sexta-feira à noite de domingo – continua Julien. Você ficará lá em casa, porque é mais simples você vir com uma mochila do que Clara ir para sua casa com nosso apartamento completo. Gaëlle lhe explicará todo o esquema das mamadeiras e tudo mais. Mas você já sabe quase tudo o que precisa saber para cuidar de Clara.

– Espere, Julien. Toda vez que dei banho em Clara, ou coisas desse tipo, vocês estavam por perto. Quero dizer, se algo saísse errado, vocês podiam assumir. Agora, se vocês estiverem longe... Para onde vão?

– Gaëlle reservou uma cabana na montanha.

– Tipo inacessível, não terei como falar com vocês...

– Não vamos para o fim do mundo. – Ri Julien. – Tem até internet lá. Mas a gente sabe que você vai se desenrolar perfeitamente.

– Só vocês dois para acreditarem nisso.

Dou um gole no meu suco de pera. Mesmo a doçura da bebida não consegue eclipsar o pavor que sinto da ideia de ter Clara sob minha responsabilidade durante dois dias inteiros.

– Vocês não podem pedir isso aos pais de Gaëlle?

– Eles não estão disponíveis, e ela quer testar você um pouco.

Eu não devia estar surpreso com essa atitude de Gaëlle e até consigo sorrir diante disso. Foi Julien quem me escolheu para padrinho. De início, Gaëlle não estava confiante. Quando aceitei, jamais teria imaginado a verdadeira entrevista de contratação pela qual teria de passar. Até agora, acho que passei por todos os testes, e o de agora deve ser o último, a prova final que decidirá pelo sim ou pelo não, mesmo eu sabendo que, de todo modo, não haverá muitas outras possibilidades. O batizado é em menos de duas semanas.

– Diga a Gaëlle que eu topo.

– Tem certeza? – pergunta Julien com um sorriso de orelha a orelha.

– Sim, eu topo, mas ela vai me fazer uma demonstração do trampo todo esta noite. Se eu quiser passar no exame, preciso de tempo para preparar meus papeizinhos de cola!

– Ela vai sair hoje à noite, então, eu vou te passar todas as dicas – brinca Julien.

– Ah! Então é por isso que você só tem uma horinha?

– Exatamente! Noite das amigas.

– Dá para ver que ela não se diverte pouco, a bonitinha!

– E eu? Já é a segunda vez que deixo minhas funções paternas para vir ver você – me lembra ele.

– É verdade...

Agora que as tratativas foram feitas, passamos a outro assunto. Discretamente, pus o *Coma para os estúpidos* na banqueta desde que começamos a conversar, para afastar o livro dos olhos de Julien, senão logo se tornaria, eu tinha certeza, tema de nosso papo. Consigo evitar perguntas sobre Elsa me concentrando exclusivamente na meteorologia, em meu irmão, na neve, em uma viagem para esquiar, em meu irmão, em meu apartamento, em meu irmão outra vez, tudo isso até nossos copos ficarem vazios e a horinha livre de Julien se esgotar.

Aí fizemos como da outra vez, corremos para pegar meu carro, depois subimos a escada correndo. Julien não tira os olhos do relógio, ele sabe o que o espera se chegar atrasado, especialmente porque Gaëlle praticamente não sai de casa desde o parto. Ele já está batendo na porta no terceiro andar, enquanto eu estou no segundo. Meu desempenho esportivo diminuiu a olhos vistos.

Ouço Gaëlle abrir a porta e brincar com a pontualidade dele. E eu mal retomo o fôlego ainda na porta e ela joga Clara nos meus braços.

– Espere! Nem tirei meu casaco ainda! Ela vai congelar!

– Com esse monte de cobertas? Risco zero! – retruca Gaëlle. – Enfim, se você não se apressar, o certo é que ela pode começar a berrar.

Empurro Julien para entrar na sala. Gaëlle não me dá nenhum descanso. Eu poderia dizer que meu fim de semana de teste está começando com dois dias de antecedência. Tiro os agasalhos de qualquer jeito de forma a poder segurar Clara o mais confortavelmente possível. Até pareço um malabarista com um ultradesempenho.

Meu jogo deve divertir Clara, porque vejo os lábios dela fremindo levemente quando a faço passar de um lado para outro enquanto tiro sucessivamente meus braços das mangas dos casacos. Acho um jeito de tirar meus sapatos apenas com uma das mãos e ouço risos na entrada da casa. Gaëlle e Julien me observam. Aparentemente, passei nessa pequena prova.

Gaëlle me faz um sinal e beija Julien. Desvio os olhos para não me intrometer no breve momento de intimidade deles dois, que nem é tão breve assim porque tenho a impressão de que o beijo vai assumindo outro jeitão. Não condeno Julien, porque vi perfeitamente a roupa de Gaëlle por baixo do casaco, ela está sublime.

Quando Julien se aproxima de mim, depois de ter fechado a porta, vem com aquele sorriso bem-aventurado do cara feliz de cabelos meio bagunçados. Eu lhe passo Clara o tempo necessário para tirar meu pulôver e retomo minha futura afilhada para que ele também possa tirar todas as roupas de frio. Visto de fora, o quadro é especialmente engraçado. Dois caras com um bebê. Poderiam até dizer duas amas de leite completamente gagás, mas mesmo assim competentes.

Sigo meu melhor amigo até o banheiro e o observo dando banho na filha. Meu treininho começa, especialmente porque logo tomo o lugar dele quando ele vai procurar um pijama limpo.

– E a visita hoje como foi? – pergunta ele fuçando um armário.

– Não fui ver meu irmão. Já lhe disse isso, não?

Eu me detesto um pouco por não confessar a Julien toda a verdade. Ele merecia saber.

– Não estou falando de seu irmão, Thibault.

Que danado esse Julien. Na verdade, em momento algum ele perdera de vista o principal assunto de nossa saída. Estava apenas esperando me flagrar em uma situação em que eu não pudesse me esquivar de sua pergunta. Tiro Clara da água para pousá-la delicadamente na toalha ali ao lado. Ela fica mexendo os bracinhos para mim.

– Tudo como nas outras vezes. Dormi – digo eu me afastando para deixá-lo passar.

– Você não faz nada além de dormir quando vai vê-la?

– Também falo um pouco, mas, francamente, você queria que eu fizesse o quê?

Pode-se acreditar que minha resposta é perfeitamente pertinente, porque Julien não acrescenta nada. Ele acaba de vestir Clara e a põe nos meus braços para poder arrumar o lugar para ela ficar. Brinco de dançar com minha afilhada enquanto ele se apressa acima das gavetas.

— Você pretende fazer o quê?

A pergunta de Julien faz eco àquela que tem girado na minha cabeça faz alguns dias. Paro lentamente de dançar, pensativo.

— Não sei o que posso fazer, mas sei do que eu gostaria.

— Que seria? – prossegue Julien.

— Eu queria que ela despertasse.

— Isso só depende dela, você sabe.

— Tenho minhas dúvidas.

Ele pega Clara outra vez, e eu o sigo até a sala. Em dois minutos, com uma única mão, ele preparou todo o necessário para dar a mamadeira da filha. Pego a almofada de aleitamento e me instalo ao lado dele no sofá.

— Olhe, treine um pouco – me diz ele me passando a filha. – E com isso você fica encurralado e continua a responder.

— Responder o quê?

— Na verdade, não tenho mais perguntas. Talvez apenas um conselho.

— Qual?

— Preste muita atenção.

Durante alguns segundos, o barulho da sucção de Clara mamando é a única coisa que se ouve na sala.

— Prestar atenção em quê? — pergunto baixinho, mesmo conhecendo perfeitamente a resposta.

— Você está se apaixonando por uma garota da qual não sabe quase nada. Se essa fosse a única questão, tudo bem, mas... Você também está se apaixonando por uma garota que corre o risco de nunca mais acordar.

— O que você sabe disso?

— Sei o que você me conta, Thibault. Aparentemente, não há melhora alguma, e acho que você está envolvido demais para um encontro de mão única que ocorreu apenas há uma semana.

— Eu sei...

Sim, eu sei. Esta é a única resposta que posso dar. Eventualmente, eu poderia dizer: "Eu já ouvi", mas Julien sabe perfeitamente disso. Eu ouvi, escutei, analisei e já digeri cada uma de suas palavras pela simples razão de que elas também trotam por minha cabeça há um bom tempo.

— Mas continuo querendo vê-la acordar...

II.

Elsa

O barulho da maçaneta que range me acorda. Percebo logo que é a faxineira. Seu jeito de andar, seu carrinho, seu rádio. Já é bem tarde, algo entre meia-noite e uma hora da madrugada. Nem fiquei encucando muito para saber por que a faxina é feita a uma hora dessas. É fácil de entender. O pessoal não corre o menor risco de acordar alguém num estado como o meu.

Ela passa rapidamente a vassoura por baixo do leito, demora um pouco mais nos lados. Hoje, minha irmã e Thibault vieram me visitar; ela seguramente vai precisar passar o esfregão.

Adoro ser acordada pela faxineira, por causa do radinho dela, mesmo que dizer "acordada" seja exagero meu. Exceto os comentários do locutor, tão sonado quanto qualquer outra pessoa a essa hora da noite, a música que ela ouve não é tão ruim assim. Rio mentalmente ao perceber que estou atualizada com os últimos sucessos. Se sair dessa, vou saber as letras de todas essas canções. Isso iria surpreender muita gente.

    A faxineira vai para meu banheirinho, que só é usado por quem vem me visitar. Eu a ouço reclamar dizendo que eles poderiam evitar usá-lo, mas mesmo assim ela o limpa. Isso leva quase duas canções e uma eternidade de publicidade.

    Quando a música volta a ser tocada, ela já está voltando para o quarto. É uma música de que gosto muito. Tenho vontade de cantarolar. Ela me recorda meus melhores momentos na geleira. Divago por alguns instantes, me lembrando dos retornos das subidas, quando eu me permitia cantar. Cantar só era possível nas descidas, mas isso queria dizer que eu estava bem.

    Bem... Sim, eu podia me sentir bem pelo tempo de uma canção.

    Conheço a melodia e a letra quase toda de cor, repito tudo isso uma vez mais em minha cabeça. Ao mesmo tempo, ouço o esfregão rascando no chão. Se eu estivesse no lugar da faxineira, faria isso com mais ritmo. Ela quebra a regularidade com golpes aleatórios e rápidos suspiros de cansaço. Mas para bruscamente e o cabo de seu esfregão estala de repente no chão. Também fico um pouco inquieta, mas teria ouvido se ela tivesse sofrido uma queda. Ela parece ter virado estátua. Para mim, tudo bem assim, ouço melhor a canção.

– Por todos os...

Seu murmúrio está repleto de medo. Sou forçada a abandonar minha repetição mental de *backing vocal*. O que foi que ela viu para ficar enlouquecida a esse ponto? Não posso mais experimentar o medo de forma visceral, mas consigo imaginar perfeitamente o que isso poderia provocar em mim. Um formigamento confuso no ventre, um frescor repentino na nuca, minha respiração se reduzindo a um simples filete de ar e meu corpo inteiro em tensão, à espreita do mínimo sinal que pudesse racionalizar o medo e fazê-lo partir. Mas é preciso acreditar que se trata de uma reação muito propriamente minha, porque a faxineira sai apressadamente do quarto; acho que ouço até seu calçado plástico ressoar velozmente no corredor, ao mesmo tempo em que a porta se fecha.

Perfeito! Ela deixou o rádio. Posso acabar de escutar minha canção tranquilamente. A música acaba e outra de que gosto menos vem a seguir.

A porta volta a se abrir nesse momento, e ordeno inutilmente a meu cérebro todas as operações necessárias para identificar as pessoas que entram. Virar a cabeça. Erguer o busto. Abrir os olhos. Transmitir todos os dados captados por minhas retinas. Claro que não faço nada disso, mas me imagino fazendo tudo. Desde segunda-feira, passei a seguir esse procedimento em todos os meus períodos despertos, algo que se tornou quase natural nesses dois dias.

Enquanto isso, escuto atentamente o que se passa em torno de mim. Estão aqui duas pessoas. A faxineira e alguém mais. Eles estão cochichando porque, inicialmente, tenho dificuldade em captar o que dizem, mas, assim que fecham a porta e se aproximam, a altura de suas vozes aumenta.

– Estou lhe dizendo que ouvi algo! – exclama minha faxineira.

– Maria, veja, isso é impossível.

A conversa pelo menos me permite descobrir o nome daquela que me faz escutar rádio, mas agora é o que ela está dizendo, mais que o barulho que vem do aparelhinho, que me interpela.

– Pois estou lhe dizendo que não estou imaginando coisas, doutor! Eu ouvi um barulho, e vinha dela.

– Maria, queira me desculpar, mas duvido!

Dessa vez, capto melhor a voz do homem e se trata de meu residente defensor. Eu estava certa quando pensei que o chefe dele lhe daria os plantões noturnos. Ou então talvez ele nunca tenha aparecido simplesmente porque nada acontecera antes.

— O senhor não acredita? — pergunta Maria, suspeitosa.

Seu sotaque ibérico se adapta perfeitamente à imagem que fiz dela. Eu a imagino com os olhos apertados, radiografando o residente, como se quisesse reduzi-lo a um punhado de cinzas por ousar duvidar dela. Mas o residente não se deixa intimidar.

— Maria, o caso dessa paciente é sem solução. Não podemos fazer nada por ela.

— O quê? O senhor vai me dizer que estão só esperando para desligá-la? Como dona Solange, ao lado?

— Pelo amor de Deus, Maria! Você sabe os nomes de todas as pessoas que passam por aqui?

— Não use o nome de Deus em vão, Loris! E sim, também sei o seu nome — lança ela, como quem saca uma arma diante do adversário. — O que é que o senhor está pensando? Que usamos números o tempo todo? Nem todas as minhas colegas têm pacientes que não podem responder!

— Você quer mudar de ala?

O profundo suspiro de Maria teria podido ser o meu. O jovem residente, finalmente, entende aonde sua interlocutora quer chegar.

— Sim, nós vamos desligá-la — ele acaba respondendo.

— Quando?

— Ainda não sabemos ao certo.

— Por quê? – continua Maria como um investigador de polícia em pleno interrogatório.

— Porque é impossível ela voltar para nós.

— Como é que os senhores decidem isso?

— A medicina é uma ciência, Maria! Enfim, não vou lhe dar um curso. Está vendo o prontuário no pé da cama? Ali foi registrada uma menção particular no começo da semana. Sim, pegue e veja!

A cólera do residente agora se tornou evidente. Ouço Maria arrancando violentamente o prontuário da prancheta. Ela também não esconde sua raiva.

— Leia a menção no pé da primeira página, na margem à direita.

— Não estou vendo nada aqui – replica Maria.

— Claro que está vendo. Você só não sabe o que significa.

— Esse rabisco aqui? Parece uma flecha ou uma cruz.

— Está escrito "menos X". O "X" fica aí enquanto esperamos saber quantos dias exatamente, o tempo necessário para a família autorizar.

— O senhor está mentindo. Não se faz uma coisa dessas.

— Mas é a verdade. Eu mesmo tive de fazer a anotação aí. Isso me entristece tanto quanto a você, mas é assim que é.

— É assim que é? — repete a faxineira. — O que é que o senhor sabe, Loris?

— O quê?

— Você me decepciona.

Tento continuar escutando o resto da conversa; o jovem residente vai se defender dizendo que a opinião de uma faxineira pouco lhe importa, mas fico atônita diante do silêncio que se instala. Silêncio mais ou menos, porque o rádio continua tocando.

— Eu também estou decepcionado comigo mesmo, mas o que você quer que eu faça?...

Fico me perguntando se ele vai começar a soluçar como da última vez. Espero mesmo que não recomece com isso.

— O senhor poderia agir como um homem e não como um fantoche. Agora, me escute e faça o que quiser com o que lhe digo. Eu estava passando o esfregão quando ouvi o barulho. Não era do meu esfregão, também não era do meu rádio, não era simplesmente a respiração dela, eu posso jurar que havia uma palavra sendo dita por trás de tudo isso.

— As cordas vocais dela não podem funcionar depois de tanto tempo de inatividade.

— Não estou dizendo que ela falou — repreende Maria.

O suspiro de impaciência dessa vez vem do residente. Eu o escuto pisotear, depois parar.

– Está certo, Maria. Vou examinar rapidamente as funções da paciente. Mas só para você não torrar minha paciência!

– Ah! Agora estou vendo um homem!

Quase posso ver um leve sorriso de vitória na observação de Maria e a resignação do residente. Ele tira dois ou três instrumentos dos bolsos, enquanto Maria volta para o carrinho de limpeza como se nada tivesse acontecido. Enquanto isso, eu me aferro a essa esperançazinha que a conversa entre eles acaba de me dar. Se Maria não estiver fantasiando, isso quer dizer que consegui fazer meus lábios se moverem, e isso graças a uma canção.

Ouço o residente se inclinando sobre mim, entendo que ele está me examinando porque afastou os lençóis. Mas observo tudo isso com a audição distraída. Enquanto ele se agita, a totalidade de minha atividade se concentra na canção que tinha acabado de tocar antes. Fico repetindo a letra e a melodia em minha mente. Quase grito a canção em minha cabeça, mas parece que nada ultrapassa os limites de meu cérebro porque o residente para seu exame com um enésimo suspiro.

– Sinto muito, Maria, mas não houve evolução alguma. Acredite: eu gostaria muito de que ela estivesse reagindo. Não, não diga mais nada, por favor.

Compreendo que a faxineira deve ter tentado interrompê-lo.

– Vou voltar para meu posto. Não deixe de me chamar se algo de real acontecer.

– Mas foi real.

– Segundo você. Mas estou lhe dizendo: é impossível!

– Segundo o senhor – repete ela.

O médico-residente sai. Depois, é a vez de Maria e de seu carrinho.

Vou me agarrar a minha esperançazinha amanhã de manhã. Por ora, a vontade que tenho é só de chorar. Mais nada.

12.

Thibault

Nossa, quanta neve! Geralmente, isso não me incomoda, é indiferente. Mas hoje está me irritando. Se isso continuar assim, infelizmente vou falhar em meu fim de semana de teste antes de ele ter começado. Julien me disse para chegar às dezoito horas. Faltam apenas dez minutos e, diante da camada branca que se amontoa na estrada, certamente vou precisar de bem mais que esses dez minutos para estar lá na hora. Já faz cinco minutos que ando e paro, ando e paro. O limpa-neve está três carros à minha frente.

Já vou me conformando em ter de confessar meu fracasso por telefone quando meu celular toca. O nome de Julien aparece na tela. Ai... Nem vou poder negociar meu castigo cooperando com o adversário. Atendo o telefone cerrando os dentes e disparo a falar antes que meu melhor amigo tenha a chance de dizer uma única palavra.

– Julien, sinto muito, mas não vou conseguir chegar às dezoito horas. Mas, olhe, eu saí do trabalho a tempo, trouxe minha mochila pronta para o trabalho para não precisar passar em casa, mas...

Julien desaba de rir. Talvez eu tenha alguma chance de me desculpar, finalmente. Mas são os barulhos por trás da voz dele que mais me surpreendem.

– Espere, mas onde você está? – pergunto a ele.

– Em meu carro, como você.

– Quê? Vocês já foram viajar? Deixaram Clara sozinha? Não, que imbecil – me corrijo imediatamente. – No fim, vocês decidiram levar a Clara junto?

– O que é que você está dizendo? – Se admira Julien. – Não, não. Nosso programa não mudou em nada. Simplesmente, mesmo com toda essa neve, precisei fazer algumas compras urgentes antes de viajar e estou preso no trânsito como você! Porcaria de carro de neve!

– Você também está atrás de um limpa-neve?

– Estou dois carros atrás do seu, Einstein!

Eu me viro por reflexo, sem a menor preocupação com a marcha dos carros à minha frente. Reconheço efetivamente Julien através do para-brisa do carro que nos separa e lhe faço um sinal. Ele me responde com sinais de farol. O motorista do carro entre nós faz um gesto engraçado de cabeça, mas finalmente compreende que não estou falando com ele.

— Bom, então estou salvo! — digo, me posicionando de frente para o trânsito para engatar a marcha.

— Sem dúvida! De todo modo, Gaëlle está animada demais com a ideia de ter um fim de semana apenas para nós dois, então não serão quinze minutinhos de atraso que vão levá-la ao desespero. Talvez a estrada, e ainda... liguei para a cabana onde vamos ficar, ainda não está nevando lá, a previsão é de neve durante a noite.

— Que bom! Assim vocês ficam mais tranquilos.

— Desde quando você tem problema com neve?

Minha resposta deveria ter sido imediata, mas ela fica girando pelo menos alguns instantes na minha cabeça antes de ser verbalizada. Acho que outra frase teria querido se intrometer no lugar, mas não consigo saber qual era.

— Meu melhor amigo e sua mulher saem pra viajar com um tempo desses, e eu vou ficar cuidando da filha deles de menos de 1 ano. Você acha que tenho condições de adotá-la se algo acontecer a vocês?

— Ah! Sim! É muita atenção sua se preocupar conosco! — brinca Julien antes de ficar sério. — Você sabe que ser padrinho pode eventualmente acarretar uma consequência dessas. Quando você assinar a certidão de batismo na próxima semana, se comprometerá a estar ao lado de nosso amorzinho, hein?

— Estou justamente tentando esquecer esse tipo de compromisso... – continuo eu no tom brincalhão de Julien. – E depois, não estará escrito em lugar algum que terei a guarda da filha de vocês em situação semelhante.

— Gaëlle não disse nada a você?

O tom de Julien me leva imediatamente a um tom menos divertido.

— Espere aí, o que é que você está dizendo?
— Não, nada, não se preocupe; eu estava brincando!
— Ufa! Fico mais tranquilo.

Meu coração bate numa velocidade louca. Vejo que estou realmente com medo. Responsabilidades no trabalho, encaro na boa. Compromissos profissionais não me incomodam de maneira alguma. Em minha vida pessoal, depois de Cindy, mandei tudo pelos ares.

— Thibault, você ainda está na linha?
— Estou sim!

Precisei deixar alguns segundos de intervalo para Julien também se preocupar um pouco.

— Não é legal usar o telefone dirigindo – disse eu para me recompor.

– Eles não vão nos prender. Estamos a vinte metros por minuto. Francamente, se você vir um policial mais preocupado com conversas do que em restabelecer o trânsito, me avise!

– Está certo. Você queria me dizer algo mais?

– Você viu Cindy recentemente, não viu?

A pergunta de Julien me surpreende mais do que todas as outras. Devo estar com cara de um garoto ao qual cortaram a língua.

– Como você sabe disso? – gaguejo.

– Percebi hoje ao ver que você piorou mais do que antes quando falávamos sobre responsabilidades com você.

Ainda preciso explicar por que Julien é meu melhor amigo?

– Como foi? – prossegue ele.

Reflito um momento. Como foi?

– Mal – começo. – Podre. Ela mudou. Foi horrível.

– Espere, Thibault. Do que você está falando?

– Da visita inesperada que ela me fez. Uma visita muito mal-intencionada.

Ouço minha própria raiva. Mesmo depois de uma semana, continuo sem conseguir digerir aquele encontro.

– Você pode elaborar melhor?

— Falando francamente, ela devia estar entediada lá no canto dela. Elaborei o suficiente?

— Ela fez isso? Não posso acreditar.

— Acho que tem um monte de coisas sobre a gente nas quais nem a gente mesmo acreditaria.

— E você, fez o quê?

— Eu a mandei passear, você esperava o quê?

Durante meio segundo, odeio Julien por ele ter a ousadia de pensar que eu tivesse podido sucumbir outra vez aos encantos de Cindy, mas, depois de um instante de reflexão, minha raiva passa. No estado em que estou neste momento, isso bem poderia ter acontecido.

— Sinto muito, Thibault — se desculpa Julien.

— Tudo bem!

— Tudo bem nada! Cheguei a pensar que isso poderia virar sua cabeça, mas logo mudei de ideia.

— Você mudou de ideia, é isso o que importa. E, francamente, eu bem poderia ter fraquejado.

Novo branco ao telefone. Dois camaradas que refletem sobre suas ações e pensamentos.

As mulheres são incapazes de imaginar o que se passa em nossas cabeças. Geralmente pensam que somos cabeças de vento, mas sei perfeitamente que, em minha mente, o tempo é todo de tempestade. O mesmo deve acontecer com Julien. Ficamos mudos, suspensos em nossos telefones como dois imbecis. Talvez as mulheres, no fundo, tenham certa razão. Não é que sejamos completamente vazios; elas se enganam nos termos. É que não sabemos o que fazer com nossa tempestade.

Felizmente o limpa-neve nos salva trinta segundos depois.

– Julien? – digo eu, fazendo de conta que nada tinha acontecido. – O limpa-neve estacionou na calçada. Parece que temos estrada livre, parece que o trânsito está indo mais rapidamente ali na frente.

– OK! Vamos desligar. Até daqui a pouco! Não se preocupe em achar um lugar para eu estacionar. Só diga a Gaëlle que estou esperando na frente do prédio.

Às 18:10, finalmente desço do carro. Julien estaciona em fila dupla e liga o pisca-alerta. Faço sinal para ele e me refugio no seu prédio. O aquecimento de meu carro tinha topado funcionar, mas não era mais a fornalha que eu queria que fosse. Vou pulando os degraus dois a dois para me reaquecer e definitivamente me vem à lembrança que preciso urgentemente retomar as corridas.

Gaëlle me abre a porta vestida de um jeito bem diferente de quarta-feira. Eu lhe explico a situação em poucas frases e ela me mostra as duas grandes bolsas na entrada. Ponho uma nas costas e abraço a outra antes de me dirigir ao elevador. Na rua, Julien saiu do carro. O porta-malas já está aberto. Eu lhe passo as bolsas para que ele as acomode e verifico alguns pontos com ele. É quando uma pergunta me vem à cabeça.

– E onde está o carrinho?

– O carrinho de Clara?

– E eu ia perguntar do carrinho de quem, Julien?

– Desculpe! Você levantou pra eu chutar... – Ri ele.

– Está entre o guarda-roupas e a parede do quarto dela, bem dobrado. Você acha que vai dar para passear com ela no carrinho? Não me lembro de ter visto você sair alguma vez com Clara senão com o porta-bebê...

– Porque nunca saí sozinho com ela, porque vocês estavam sempre junto, ou você ou Gaëlle, e porque vocês teimavam em enfiá-la naquele monte de tiras.

– Você não acha mais prático?

– Claro que acho! E vou usá-lo com certeza. Mas talvez eu também precise do carrinho.

– Curioso isso, vindo de você! Bom, você sabe onde ele está; confiamos em você. E é fácil desdobrá-lo, é quase automático.

– Você dizia o mesmo das tiras do porta-bebê, e eu levei uns bons quinze minutos para entender.

– Não reclame. Quando Gaëlle me mostrou os nós que eu tinha de aprender para poder usá-lo junto com um cachecol, acabei passando a ela o catálogo dos carrinhos de bebê.

Sorrio imaginando em que medida ele teve de sacrificar o próprio orgulho para chegar a esse extremo. Mesmo meu melhor e supercompetente amigo tem dificuldades com a paternidade.

– Bom, acho que Gaëlle ficou só com uma mala de mão e, você conhece a fera, ela vai querer carregá-la pessoalmente. Tenha um bom fim de semana e aproveite-o por mim.

– Você também devia viajar de vez em quando, seria bem legal – me diz Julien fechando o porta-malas.

– Com quem? – suspiro.

Julien se limita a sorrir para mim antes de entrar no carro. Eu lhe faço um último sinal voltando para o prédio.

– Quer que eu lhe explique de novo alguma coisa? – me pergunta Gaëlle quando volto para o apartamento deles.

– Não, está tudo claro. Corra! Seu marido a espera como um príncipe encantado – respondo-lhe com um beijinho no rosto.

Gaëlle me aperta nos braços, ela sempre foi assim.

– Obrigado, Thibault – diz ela docemente em meu ouvido. – Você nem imagina o quanto me alegra esse presente que está nos dando.

— Não se preocupe. É de coração e com alegria.

— Seria muito bacana se você também tivesse sua família.

Tenho minha resposta pronta na ponta da língua. Meu "com quem?", que já foi dito um minuto atrás. Mas é uma coisa completamente diferente que escapa de minha boca.

— Sim, seria. Muito!

Gaëlle se afasta um pouco e me observa, com surpresa e prazer ao mesmo tempo. Entendo os sentimentos dela. Deve ser a primeira vez que confesso essa vontade em voz alta. Todo mundo já sacou isso ao me ver com Clara, mas eu jamais disse nada a esse respeito.

— Nossa! Estou emocionada de você ter me dito isso — acrescenta ela sorrindo.

Eu a acompanho até a porta e lhe desejo um bom fim de semana. Com tanto vai-e-volta, não tive nem tempo de dizer oi a minha afilhada. Clara está bem acomodada em uma espécie de cercadinho e se mexe mansamente. Me inclino acima dela e a levanto em meus braços. Nenhuma dificuldade. Não são seus poucos quilinhos que vão me derrotar.

Vou me aproximando da janela, deixando-a brincar com meus dedos. Não tenho como saber se Julien e Gaëlle já foram embora, porque todas as janelas do apartamento deles dão para o lado oposto ao da rua.

A neve continua a cair e suas reverberações laranja dão um aspecto estranho à cidade. Ainda não são nem 18:30 e, daqui, se tem a impressão de que a cidade toda dorme. Eu me surpreendo com meus próprios pensamentos, e a pergunta de Julien volta a minha mente. Desde quando a neve tem esse efeito sobre mim?

Talvez eu até tenha uma resposta, mas ela me aterroriza. Então, deixo-a de lado e volto para o sofá.

13.
Elsa

Minha mãe e meu pai estão aqui no quarto. E não estão sozinhos. O médico-chefe também está. Esse danado desse médico que me dá náusea. Aqui eu queria poder fazê-lo engolir literalmente seu jaleco de tanto que ele me emputece.

Desde que ouvi a voz dele, minha cabeça começou a dar mil voltas. Ele veio falar do famoso "menos X" de uma vez por todas. A ideia já fora ventilada, mas não de maneira tão radical. E "radical" é até uma palavra fraca. Se existisse um termo que pudesse agrupar "descomprometido", "direto" e "totalmente desinteressado", acho que ela resumiria a maneira com que argumenta.

— A senhora há de compreender: não resta a menor esperança.

E essa linguagem cerimoniosa, imbecil! No limite, é como se você estivesse dizendo "minha 'senhoura'". Se vai decretar minha morte antecipada, tenha pelo menos a delicadeza de fazê-lo com a devida elegância! Você se parece com um desses personagens de velhos faroestes americanos, exceto pelo fato de usar um jaleco!

Por sinal, eu o imagino bem desse jeito, um médico-chefe que me causa horror. O jaleco completamente desabotoado, uma mão na cintura, o outro cotovelo apoiado na parede. Aposto que está usando jeans e não uma calça de médico por baixo. Uma camiseta velha destruída. Bom, isso sou que estou imaginando, mas na realidade ele poderia concretamente se parecer com isso. Um descaso ultrajante. Não entendo por que meu pai ainda não reagiu.

Minha mãe foi quem reagiu depois de um bom momento. Ela soluça mais ou menos silenciosamente. Percebo mais facilmente que está chorando quando ela fala, porque o choro interrompe cada uma de suas palavras.

Isso não deixa de ser curioso porque, em última instância, era ela que estava considerando a hipótese de me desligar antes. Mas, diante de sua reação chorosa, quase se teria a impressão de que meus pais tinham invertido os papéis.

– Sé-sé-sério m... m... mais nenhuma?

A voz de minha mãe ficou totalmente estrangulada no final de sua pergunta. Espero que meu pai tenha tido a inteligência de tomá-la nos braços ou mesmo simplesmente de ter pegado sua mão. Ela está em desespero total, e isso não acontece muitas vezes. Em suma, ela deve ter entrado em pânico. Faço uma prece silenciosa para que meu pai desempenhe corretamente seu papel de esposo. Duvido muito que minha oração tenha tido o menor efeito, mas compreendo que ele pelo menos agiu.

– Anna, acalme-se antes de tentar compreender o que quer que seja.

É um conselho muito sensato, meu pai em todo o seu esplendor, mas não é bem esse o conselho que eu gostaria de ouvir.

– O senhor pode nos dar um tempinho, o tempo para que minha mulher se acalme?

O murmúrio do médico deve significar sim. Que mesmo que eu estava dizendo... Um verdadeiro faroeste. Mas onde está meu residente? Com toda a certeza, ele teria feito as coisas com mais tato! De toda maneira, desde que não fosse para ouvi-lo soluçando também... Isso teria provocado muitas lágrimas para enxugar à tarde.

O médico sai. Minha segunda oração silenciosa é para que aconteça uma coisa qualquer que possa fazê-lo quebrar a perna agora mesmo. Mas mesmo depois de ter passado o tempo necessário para tanto cinco vezes, nada aconteceu porque quando ele volta não ouço nenhuma muleta batendo no chão.

– Os senhores tiveram o tempo de refletir?

Claro que sim! Como não? Em cinco minutos, você acha que eles tiveram todo o tempo necessário para decidir um assunto desses! Sei que em vez de me irritar, eu devia usar todo esse ardor para ordenar a meu cérebro que se ative para me reerguer, mas não posso fazer nada quanto a isso, só me concentro em minhas emoções. Só com Thibault é que consigo transformar essas emoções em ação. Aqui, sou apenas um furacão de cólera.

Um instante para a dúvida... A cólera não seria uma reação físico-química? O que significaria que estou progredindo? Mas eu estudei geologia, não medicina, então não estou nem aí pra esse papo e fico à espreita da resposta de meus pais.

– Não.

A voz de meu pai é firme, e a mensagem é clara, mesmo que eu francamente tivesse preferido que ele desse um murro na cara do médico. Realmente não sei de onde me vem toda essa agressividade, mas é evidente que eu a canalizo todinha para esse médico. Seria meu instinto de sobrevivência? Afinal de contas, meu futuro está nas mãos desse homem e em seus argumentos. Se ele conseguir convencer todo mundo, vai poder me desligar e eu...

Não. Não quero pensar no que viria depois. Por enquanto, eu estou aqui. Eu ouço. E hoje, estou viva e quero continuar assim.

– Está bem – responde o médico. Os senhores têm todo o direito de hesitar, eu os compreendo, mas saibam que quanto mais esperarem para tomar a decisão, maior a dor.

Isso me cheira a um desses chavões automáticos pré-gravados nas secretárias eletrônicas: "Os senhores ligaram para o Dr. Coisa. Queiram, por favor, desligar sua filha após o bip."

– O senhor tem filhos, doutor?

A pergunta de meu pai me toca. Sinto que meu murro imaginário talvez vá se transformar em uma observação cortante, capaz de causar mais ou menos o mesmo efeito.

– Tenho sim. Dois.

Mentiroso...

Há algo de impressionante no fato de alguém ter apenas o sentido da audição como meio de percepção. Tudo o que está associado aos sons adquire um sabor particular.

Em quase sete semanas, pude observar que eu associava naturalmente cores e texturas ao que as pessoas diziam. A voz de minha irmã contando suas histórias de amor assume um aspecto de veludo vermelho vomitivo de tanto hormônio que transborda. Minha mãe é uma espécie de couro violeta que quer parecer robusto, mas que se fissura em vários lugares, como se fosse uma bolsa velha. Esse médico-chefe é tão fosco e rude quanto uma barra de aço num canteiro de construção.

Em meio a tudo isso, felizmente, tenho um arco-íris que vem se manifestando de uns dez dias para cá. Thibault veio com todas as suas emoções, todas essas novidades para mim. Não consegui associar a ele nenhuma cor em particular. Era apenas prismático e desconcertante. Fiquei com a imagem de um arco-íris. Achei isso poético. É bem melhor que o resto, que se tornou tão desanimador quanto possível.

Em resumo, esse médico é um mentiroso. Pelo menos em relação ao que acaba de dizer, eu sei que está mentindo. Ele não tem dois filhos. Duvido que tenha ao menos um. Para mim, esse cara só tem mulher, e olhe lá! Com toda a certeza, essa resposta é tão pré-fabricada quanto a anterior e está aqui para enganar os interlocutores. Ao mesmo tempo, ele quer evitar que alguém possa lhe dizer: "Ah é? O senhor não tem filhos? Então jamais poderá saber o que é tomar uma decisão dessas."

Fico surpresa comigo mesma. Essa é a primeira vez que tenho pensamentos sensatos a respeito do médico que assumiu meu caso. De todo modo, não consigo conceber como alguém pode ser um médico dedicado a salvar vidas e se tornar cem por cento desinteressado diante da morte programada de alguém. Mas como é que se faz para passar do envolvimento pessoal, como é o caso de meu médico-residente, ao distanciamento total desse médico-chefe? Talvez, os anos de experiência. Aliás, só pode ser isso. Não posso encarar de outra maneira. Certamente não é a primeira vez que ele tem de tomar uma decisão dessas. Mas, apesar de tudo, tem-se a impressão de que não há estritamente nada mais a fazer. Eu sei que não é o caso, mas é o que se conclui. Pelo menos para mim, que só posso escutar.

Meu pai, que não sabe que meu médico está mentindo, não continua com o tabefe verbal que teria querido lhe dar e se contenta em confortar minha mãe falando baixinho.

– Senhor – tenta o médico, que entendeu que não conseguiria nada com minha mãe –, aqui estão as autorizações. Sei que vocês não tomaram nenhuma decisão, mas, às vezes, ter o texto diante dos olhos ajuda. Não lhes peço que as preencham esta noite. Apenas as leiam. Ou então as deixem sobre uma mesa para que possam pensar no assunto durante certo tempo. Diante de qualquer dúvida, me liguem, por favor. A qualquer hora. Aqui estão as maneiras de me localizarem, nesse encarte. A qualquer momento, insisto. Se estiver ocupado, não atendo, não é complicado. Mas eu reservo essa linha para esse tipo de ligação e tento, no máximo possível, estar sempre à disposição da família dos pacientes.

Dessa vez, não sei mais o que pensar. Acho que estou em vias de aprender a neutralidade. Meu médico fala profissionalmente. Mas isso não impede que parte de mim desejasse que fosse o médico-residente o encarregado de todo esse trâmite. Pelo menos eu já o ouvira dizer "eu te amo" a alguém. Isso significa que ele tem um coração que vive e bate. Não estou dizendo que o médico-chefe seja sem coração, estou dizendo que ele o encerrou no mesmo metal frio e duro que associo ao timbre de sua voz.

Meu pai pega as folhas, o médico se despede dele e de minha mãe. Ouço um vago murmúrio da parte dele, depois, apenas os soluços de minha mãe. Meu pai deve estar acariciando seus cabelos. Ela vai se acalmando, depois se aproxima de meu leito. Talvez esteja pegando na minha mão, talvez simplesmente olhando para mim. Não ouço lá grande coisa. Estou pegando no sono.

14.

Thibault

— Julien, odeio você! Poxa vida!

Minha raiva se volta contra mim com o efeito de um bumerangue. Um segundo depois que exprimo meu ódio contra esse carrinho, ele prende meus dedos.

No berço, Clara se mexe docemente. Eu a devolvi ao berço assim que saquei que simplesmente dar uma balançada no carrinho ainda dobrado não seria suficiente para ele se armar completamente. Dou um passo para trás, em busca de uma perspectiva da tarefa a realizar e olho para meu relógio. Nesse ritmo, não terei tempo de fazer tudo o que preciso. Tanto pior, fica para outra vez!

Abro o armário e pego o porta-bebê de tiras. Com ele, pelo menos não preciso encarar uma luta sem trégua. Dou uma olhada no carrinho teimosamente dobrado. Esta noite, querido... Esta noite, você vai entender sua desgraça. Esta noite, vou descobrir como usá-lo e aí vamos ver quem ganha a batalha. Claro que não pretendo incomodar Gaëlle e Julien pedindo ajuda. Eu mesmo vou encarar essa, mas o manualzinho que vi na mesa da sala será um excelente companheiro de batalha.

Visto o porta-bebê quase naturalmente e fecho todas as fivelas necessárias. Ponho Clara dentro dele depois de passar algum tempo beijando muito sua testa, e reajusto todo o conjunto. Prontos para sair! Estou orgulhoso de mim mesmo, apesar de meu fracasso retumbante com o carrinho de bebê.

Lá fora, cinza total. A neve que caiu ontem já se fundiu sob os pneus dos ônibus e dos carros. O pouco que restou perdeu seu brilho para a fumaça dos escapamentos. O céu está sombrio de dar medo.

É enlouquecedor ver como o clima mudou em um dia. Ontem, nevava; hoje, o ar está para tempestade. Por isso eu queria usar o carrinho, porque ele tem uma espécie de capô plástico que protege Clara quando começa a chover. Tenho também um guarda-chuva tão grande que poderia concretamente servir de guarda-sol pelo diâmetro. Protegerei minha maravilhosa afilhada em minha capa de chuva, se necessário, mas acho que o guarda-chuva será suficiente.

Caminho na calçada recém-limpa da neve. Ao menos uma vantagem: não corro o risco de escorregar e, se houvesse esse risco, eu teria de andar muito mais lentamente, ainda mais com Clara colada em mim. Cruzo olhares com várias mulheres de minha faixa etária. Elas ficam instantaneamente enternecidas por meu jeitão de papai esquiador. Porque, entre o boné, o casaco, as luvas, o cachecol e os sapatos pesados, só tem Clara para provar que não estou indo para uma estação de esqui.

A cada sorriso feminino ao qual tenho direito, meu livro-cujo-herói-pode-ser-você se abre na página 60: "Sorria educadamente, nunca se sabe." Insisto em virar a página para ler a frase seguinte ("Siga seu caminho"), sempre me perguntando o que é que há de tão extraordinário em ver um homem carregando um bebê. Eu poderia acrescentar "extraterrestre" ao meu "papai esquiador".

O caminho para o hospital é muito mais curto a partir da casa de Julien. Não é preciso ir de carro, nem buscar minha mãe. Eu combinei com ela. Ou, melhor, ela encontrou companhia. Já eu, tinha a desculpa "Clara" para não ser obrigado a visitar meu irmão. Só precisava esperar que minha mãe saísse do hospital. Quatro da tarde seria a hora perfeita. Ela já teria ido embora. Com um pouco de sorte, a amiga em questão a convidaria para ir à casa dela. Talvez até jantem juntas, algo que faria tremendo bem a minha mãe. Bem tremendo a todo mundo!

Chego rapidamente ao hospital. Minha Clarinha olha em volta com os olhos cheios de curiosidade. Nessa idade, tudo deve parecer muito interessante. Nem ela nem eu tivemos tempo de sentir frio. Com tantas camadas de roupa que vesti nela e o ritmo de marcha que adotei, não havia esse risco. Mesmo assim, me enfio no elevador, em vez de ir pelas escadas. E, mais uma vez, tenho direito ao olhar afetuoso das mulheres confinadas no mesmo espacinho que eu. Por sinal, de mulheres de todas as idades.

Meu olhar se cruza com o de uma mulher de uns trinta anos. Linda! Resplandecente até. O rosto dela está tão radioso que parece até artificial. Ela, aparentemente, se enche de esperança quando me ouve cochichar para Clara que tudo está bem, e só consigo entender por que quando ela deixa o elevador com seu companheiro no andar da maternidade.

Quando chego ao quinto andar, me basta erguer o dedinho para que todo mundo abra passagem ou se aperte contra as paredes para me deixar passar. Mal consigo disfarçar a surpresa e depois me esborracho de rir quando as portas metálicas enfim se fecham atrás de mim.

– Você conseguiu perceber o efeito que provocamos? – digo baixinho a Clara, fazendo cócegas em seu nariz.

De repente, ouço uma voz familiar. Ergo os olhos e percebo imediatamente meu desconforto. No fundo do corredor, minha mãe empurrando uma cadeira de rodas. Na cadeira, um homem. Meu irmão. Foi a voz dele que reconheci. Olho rapidamente em volta. A saída para a escada está alguns metros à minha esquerda. Mas não tenho mais tempo de esboçar um passo naquela direção porque minha mãe me interpela.

– Thibault?

Entendo a surpresa dela, assim como um monte de outras coisas contidas nesse simples me chamar. É privilégio de mãe, ou talvez de toda mulher, conseguir enfiar um dicionário inteiro numa única palavra. Sei que com esse "Thibault?" vem: "O que é que você está fazendo aqui? Por que veio ao hospital? Você mudou de opinião em relação a seu irmão? Mas… é Clara! Ela está tão linda, me deixe dar um beijinho nela! Como você veio? Você disse que não viria!" E muito mais.

No lugar disso tudo, "Thibault?" basta e eu fico impassível, plantado como uma árvore, esperando que o pequeno cortejo se aproxime de mim, incapaz de esboçar o menor movimento.

— Veja – diz ela se aproximando de mim –, esta é Amélie, a amiga que veio comigo. Demoramos um pouco na casa dela, por isso cheguei tão tarde. Você estava me procurando?

Sem saber, minha mãe acaba de me salvar a vida ou pelo menos minha honra. Eu não tinha a mais remota ideia de como explicar minha presença no hospital.

— Tentei achar você em casa, mas você não estava. Fiquei preocupado. Geralmente, a essa hora, você já voltou.

— Oh! Meu querido – diz ela, acariciando meu rosto. – Eu devia estar na casa de Amélie, você sabe. Por que não tentou meu celular?

— Você nunca atende, então nem pensei nisso.

— De que adianta eu ter comprado esse celular para você?

A voz que acaba de se intrometer na conversa me causa o efeito de um golpe de punhal no meio do peito. Fecho os olhos e inspiro o ar lentamente. Até agora, Clara escondia a figura sentada na cadeira de rodas que minha mãe empurrava. Mas depois que meu irmão se manifestou, não posso mais continuar a ignorá-lo. Reabro os olhos e baixo lentamente meu olhar para ele.

— Oi, Sylvain.

— Olá, Thibault! Faz um tempinho que você não aparece por aqui!

Tenho vontade de bufar, mas me contenho. É apenas meu irmão sendo ele mesmo. Nem sei por que tive a esperança de que um acidente o transformasse. Ele é incapaz de dizer uma só palavra sem tentar fazer graça. Ter uma conversa séria com ele é um desafio permanente.

– Devo ter meus motivos... – retruco, olhando bem na cara dele.

Meu irmão não se parece nada comigo. Seus cabelos castanhos sempre foram mais disciplinados que os meus e seus olhos azuis conquistam mais garotas do que eu jamais ousaria imaginar. Mas observo algumas cicatrizes no rosto dele. Outra no supercílio direito. Deixo meu olhar vagar pelo resto de seu corpo. Um braço engessado, as duas pernas em talas. O médico disse que o painel do carro literalmente se dobrou em cima dos joelhos de meu irmão. Uma vez tomei uma pancada no joelho e achei a dor atroz. Não é de admirar que meu irmão tenha perdido a consciência e que seu corpo tenha afundado no coma durante seis dias inteiros. Apesar de tudo o que condeno nele, deve ter passado por maus pedaços. Mas a dor não basta para perdoar.

– Sempre tão solidário – lança ele.

Eu esperava um humor insolente, mas o tom de meu irmão finalmente se revela mais desapegado de si do que o previsto. Eu quase poderia dizer que está magoado. Isso não é do perfil dele. Deve estar quase me mandando embora.

– Sempre tão inconsequente – respondo secamente.

– Basta! Parem! Os dois.

Ao ouvir essas palavras, eu teria pensado reconhecer a voz de minha mãe, mas não. É a amiga dela que acaba de tomar a palavra. Seus olhos vão de meu irmão a mim com uma reprovação evidente. Saco o motivo no momento em que vejo as mãos de minha mãe, crispadas nas manoplas da cadeira.

– Desculpe, mamãe, eu não queria...

Meu irmão e eu paramos ao mesmo tempo e, pela primeira vez desde nosso reencontro de hoje, sentimos o laço de parentesco que nos une. As palavras saíram de nossas bocas em sincronia. Os olhos de minha mãe se suavizam, mas a magia não dura. Uma respiração depois, tudo se apaga.

Pouso minha mão sobre a dela para tranquilizá-la. Ela olha para mim, lágrimas brotando nos olhos. Eu a beijo no rosto dizendo em seu ouvido:

– Sinto muito, mas ainda não estou pronto.

Nesse momento, Clara começa a espernear. A atenção de minha mãe se volta, então, toda para minha afilhada, a atenção de Amélie também, e eu me vejo respondendo suas perguntas sobre a saúde dela, seus pais no fim de semana e meu modo de cuidar dela. Elas trocam comentários sobre a maneira como agiam com seus próprios filhos pequenos, eu as escuto com um ouvido desatento, olhos concentrados na mãozinha que tenta pegar o fecho de meu zíper.

– Julien e Gaëlle vão bem? – pergunta meu irmão em voz baixa.

Decididamente, seu novo modo de falar é radicalmente oposto àquele que sempre associei a ele. Não consigo decidir se isso me irrita ou não.

– O que você está inventando aí? – digo, olhos fixos em Clara.

– Pare com isso, Thibault. Responda ao menos minha pergunta.

– Eles vão bem.

– E é você que cuida da filha deles quando viajam?

– Isso está na cara, não está?

– Thibault...

Esta deve ser a primeira vez em minha vida que o ouço bufar. Geralmente, ele zomba até dizer chega com um ríctus que eu sempre quis lhe arrancar da boca. Agora isso parece sincero. Talvez eu devesse fazer um esforço.

– Neste fim de semana, sim. Esta é minha primeira vez cuidando dela.

– Parece que você está se saindo muito bem.

O tom de sua voz me desarma mais uma vez e me faz baixar os olhos para ele. Ele observa Clara de um jeito estranho. Seguramente não do mesmo modo que eu olho para ela, mas acho que estou vendo se desprenderem afeto e remorso do olhar dele. Muito discretamente.

– Você fez algum treinamento? – Disfarça ele voltando a rir.

Seu riso não vem diretamente do coração. Seria possível dizer que esconde algo, talvez uma piada de mau gosto. De muito mau gosto, aliás, visto que seu rosto assume uma expressão de sobriedade assustadora um segundo depois. Não consigo interpretar sua atitude. Não sei como responder.

Eu poderia retrucar com um não que abriria espaço para ele zombar ainda mais de mim. Eu poderia responder sim e, nesse caso, teria de enfrentar certamente um monte de outras perguntas. Por isso, me vejo escolhendo cuidadosamente cada uma de minhas palavras.

– Estou gostando.

Acho que acabo de surpreender meu irmão pela primeira vez depois de um longo tempo. Ele não responde e se contenta em olhar fixamente para nós, Clara e eu. Depois seus olhos nos deixam e vão se perder na direção do fim do corredor. Meu ventre se crispa estranhamente, minha garganta também se fecha. Percebo que estou com vontade de continuar conversando com ele, mas que não dou conta disso. Então, não acrescento mais nada e espero que minha mãe e sua amiga terminem sua rápida conversa.

– Você vem conosco? – tenta ela.

– Eu...

– Você não vai ficar por aqui, não é?

– Preciso... assimilar um pouco isso tudo.

Lanço um olhar para meu irmão. Sylvain continua olhando fixamente para o fim do corredor. Há ali apenas uma janela que dá para fora, mas duvido que ela desperte nele algum real interesse, nem as nuvens que se pode ver através dela. Ele me parece mesmo perdido em seus pensamentos. Minha mãe tinha dito que ele tem usado o tempo para refletir. Talvez esteja certa em dar crédito a ele. Por meu lado, nunca consegui ter uma conversa verdadeira com ele.

– Está bem... Como queira – retoma minha mãe. – Você, pelo menos, vem de elevador conosco?

Felizmente, eu tinha tido tempo de refletir sobre como ficar no hospital sem que todo o planeta ficasse a par.

– Sempre vou de escada, você sabe!

– Ah!

Percebo facilmente sua decepção, mas, mesmo que eu realmente estivesse indo embora, não teria dado outra resposta. Ela me sorri tristemente e se apoia contra a cadeira de rodas para fazê-la avançar. Sua amiga se despede com a cabeça. Os olhos de meu irmão continuam vagando sempre no vazio.

Fico imóvel até que as portas do elevador se fechem atrás deles, a cabeça em desordem. Assim que o *clac* da porta ressoa, é como se eu fosse um relógio posto de novo em funcionamento. Faço carinho distraidamente em Clara através de seu boné e tomo o rumo de meu destino. Logo noto a foto da montanha grudada sobre os dois números. Conheço de cor essa foto. Sei até mesmo onde ela foi tirada, porque pesquisei na internet no fim de semana passado.

Ponho uma das mãos na maçaneta, a outra na porta, para empurrá-la, e respiro fundo. Não sei por que estou tão estressado.

15.

Elsa

Uma nova voz. Luminosa. Virgem de toda impureza. Como a neve quando acaba de cair. Um floco dourado que se aproxima de mim. Quase o som mais maravilhoso que já ouvi na vida, depois da voz mais grave que murmura em meu quarto. Um arco-íris e um floco, não sei realmente como isso pode coexistir do ponto de vista da meteorologia, mas coexiste aqui no quarto.

Uma lembrança viva repercute em mim. Sim, já vi algo assim. E claro que foi numa geleira. Nevara durante a noite, e a neve estava se derretendo no momento em que o sol se levantou em um céu límpido. A água corria nos regatos, essas correntes sinuosas da fusão do gelo que seguem o mesmo traçado de uma serpente. Um pequeno obstáculo na geleira gerava uma minicascata, o suficiente para fazer surgir um arco-íris diante dos olhos de quem se posicionasse no lugar certo. A neve e um arco-íris juntos. Portanto: possível!

Tenho vontade de sorrir. Pela minha recordação. Pelo presente maravilhoso que Thibault acaba de me dar, trazendo essa pessoazinha consigo.

De repente, tudo desaba. Thibault traz um bebê consigo. Meu cérebro se aciona e resolve no mesmo instante todas as equações associadas à situação. Meu moral desaba imediatamente vinte metros abaixo do gelo. Acho que vou sufocar.

Começo a entrar em pânico. Minha mente acredita que estou outra vez enterrada sob a avalanche de neve de julho. Tudo faz pressão em torno de mim e, como naquele verão, não tenho como gritar meu terror. Em minha cabeça, tudo é tempestade e aflição. Faz dez dias que não tenho pesadelos durante o sono. Estou vivendo a soma de todas essas exceções em estado de vigília. Terror em estado puro.

No meio dessa tempestade, de muito longe, ouço um som, abafado pelo urro do vento que me transpassa por todos os lados. Tento me concentrar nesse som, dar a ele uma cor, uma textura, um sabor, qualquer coisa que me faça escapar dessa prisão de angústia. Tento concentrar toda a minha atenção afastando as lembranças de meu acidente. Mas mal consigo fazê-las se afastarem, e elas voltam rapidamente, ainda mais violentas. Grito mentalmente para alguém que possa me salvar e, de repente, tudo para.

— Elsa! Elsa! Meu Deus, o que está acontecendo?

Meu arco-íris vacila. Suas cores tremem. Thibault está literalmente aterrorizado. O bebê começa a chorar. Esse novo tumulto de sons poderia ser insuportável para mim, especialmente tão perto de meu ouvido, mas, não, ele me conforta mais que tudo no mundo. Ouço os cliques de um relógio que vai e vem, uma carícia em meus cabelos, um murmúrio permanente.

— Elsa. Elsa. Elsa.

O bebê se põe a chorar ainda mais alto, depois todos os sons ao meu redor se interrompem.

— Perdão, Clara. Eu estava desesperado por causa de Elsa. Shiii. Shiiiii. Pronto, pronto!

O bebê soluça mansamente e se acalma em poucos segundos. Dá para acreditar que só eu sou fisgada pela voz de Thibault.

A porta de meu quarto se abre com estrondo. Atropelos de passos apressados, certamente de duas pessoas. Tudo se encadeia numa velocidade louca.

— Mas... você está aqui?

Meu médico-residente. Ao mesmo tempo surpreso e enraivecido.

— Cuide dela! — diz Thibault. — O que tem a ver eu estar ou não estar aqui?

— O bebê vai me desconcentrar — responde o residente.

— Nem pensar! Não arredo daqui!

— Doutor?

Uma voz feminina. Certamente uma enfermeira cujas mãos se agitam acima de mim faz alguns segundos.

— Sim? — responde o residente.

— Alguns fios desconectados, mas a situação é completamente estável — diz a enfermeira.

— O quê?

— Estou lhe dizendo: a situação da paciente é estável.

— Isso significa que ela está bem? — corta Thibault.

— Você não tem jeito — se irrita o residente.

— Ei! Ela acaba de ter um espasmo monumental, até pensei que ia se quebrar inteira! — lança Thibault com uma voz cujo arco-íris envermelhou. — Você espera que eu esteja como?

— O que é que você fez? — pergunta o médico-residente.

— Eu??? Nada!

— Alguns cabos estão desligados e você me diz que não fez nada?

— Ela chegou quase a se sentar! E dada a violência do espasmo, claro que esses troços todos iam se desligar!

– Nossos troços a mantêm viva!
– Ah! É? Por que então tudo está estável?

O bebê recomeça a chorar. Thibault concentra imediatamente sua atenção nele. Seu ninar leva um pouco mais de tempo para tranquilizá-la, ele estava quase gritando pouco antes. De seu lado, o residente se aproxima da enfermeira e eu os ouço falando tecnicamente. Percebo alguns *clac* de tubos, as rodinhas de minha perfusão, a fricção nos lençóis. Clarinha se acalmou.

– Sinto muito – diz o residente.

Entendo que comigo está tudo bem. Ao mesmo tempo, ouso acreditar que meu instinto de sobrevivência teria dado o alarme se eu tivesse corrido o risco de... Corto voluntariamente a conclusão desse meu pensamento.

– Sinto muito eu ter tido um ataque de fúria – responde Thibault, com uma voz que recuperara os tons habituais.

– Você disse que ela teve um espasmo? – continua o residente.

– Durou um segundo, mas acho que esse foi o segundo mais longo de toda a minha vida.

– Você consegue descrever o que viu?

Pequena pausa de silêncio, como se Thibault estivesse juntando as ideias. A enfermeira continua seu trabalho acima de mim.

— Foi de repente. Eu ia tirar o boné de Clara, então o bip do medidor de pulso, esse troço que você me mostrou da última vez, começou a correr super-rápido. Um segundo depois, Elsa se contraiu toda de um jeito inacreditável. Como lhe disse, foi muito violento... Nem prestei atenção ao resto dos sensores e perfusões, tentei me concentrar somente nela.

— Entendo.

O residente dá algumas instruções à enfermeira e depois continua:

— Não aconteceu nada de incomum quando você chegou?

— Não, nada. Sério. Fazia talvez um minuto que eu estava aqui. Nem cheguei a tirar Clara do porta-bebê. Como você pode ver, ela ainda está aqui. Pode me dar um segundo?

— À vontade.

Então é isso, Clara, esse floquinho dourado, está colada no peito de Thibault. Isso explicaria por que seus barulhos estavam tão próximos.

— É sua filha? — pergunta o residente.

Em meio segundo, todo o meu ser desaba de novo. Sinto a tempestade injetando caos em minha cabeça.

— Não, ela é a filha de um casal de amigos.

Tudo se reorganiza. Clara não é filha de Thibault. Alívio intenso!

Esse pensamento foi instantaneamente seguido de um tapa mental que dou em mim mesma. O que é que me leva a ter essas viagens? O que teria a ver comigo o fato de Thibault ser pai de um floquinho dourado? Tenho de me render à evidência. Preciso me proteger de minhas próprias emoções. De tanto me agarrar a Thibault, estou me apropriando dele.

– Muito bem – responde o residente. – Você sabe que, normalmente, é preciso evitar trazer bebês à UTI.

– Eu não sabia. Mesmo assim, posso ficar?

– Por hoje, vou fechar os olhos. Mas evite da próxima vez.

Acho que a enfermeira concluiu todas as verificações, porque parece que estou ouvindo que ela está arrumando meus lençóis e arrumando o resto dos detectores. O barulho metálico do prontuário tirado de sua base me dá a confirmação de tudo isso segundos depois.

– Doutor, o senhor pode preencher o relatório médico?

– Por favor, escreva o que vou ditar.

O residente dita num jargão incompreensível, depois assina a página que a enfermeira lhe estende. E ela deixa o quarto.

Thibault deve ter acabado de se ajeitar, eu o ouço fazer Clara pular em seus braços com facilidade. Mas acho que ele não chegou a ponto de tirar os sapatos. Se veio com um bebê, ele certamente não tem a intenção de dormir.

– Você não respondeu minha pergunta – diz ele de repente.

– Perdão? – se assusta o residente.

– Por que é que com todos esses aparelhos desligados ela ainda respira?

– O organismo a mantém viva durante cerca de duas horas. Ela é capaz de respirar por si mesma e suas funções vitais são suficientes durante esse lapso de tempo. Depois desse intervalo, ela volta a precisar de assistência.

– É normal isso?

– Às vezes acontece. Para nós, é um sinal de que o corpo ainda não se recuperou e de que o coma é necessário.

Definitivamente, eu teria preferido que fosse o médico-residente a falar com meus pais sobre a hipótese de me desligarem em vez do médico-chefe. Ele tem uma maneira muito menos categórica de tratar das coisas. Chega quase a classificar meu coma como uma doença natural e benigna.

– Você faz ideia do tempo que ela vai permanecer assim? – pergunta Thibault.

– Não posso responder esta pergunta.

– Por quê? Por que não sabe?

– Porque você não é da família.

O residente responde isso quase num tom de desculpa. Sinto que gostaria de dizer mais, mas se controla.

– Eu o deixo com ela – diz ele para pôr fim a sua hesitação. – Tenha uma boa noite.

– Você também.

O residente sai e nos deixa a sós, Clara, Thibault e eu. Ainda estou muito abalada com o que acaba de acontecer. O silêncio se instala. Mesmo os movimentozinhos da bebê são discretos. Eu me pergunto o que está havendo. Tenho a impressão de que meu arco-íris se desbota.

16.

Thibault

Preciso me acalmar.

Não, eu estou calmo! Preciso mesmo é raciocinar. Julien tem toda a razão.

Estou me apaixonando por uma garota em coma. Isso realmente não é nada saudável. Mas quando a vi como há pouco, olhos arregalados, refém dessa espécie de sobressalto de loucura, reagi por reflexo.

Por reflexo... Provoco medo em mim mesmo, ainda mais quando um murmúrio escapa de meus lábios.

– Elsa... Eu não sei quase nada de você e mesmo assim...

Deixo as palavras suspensas. Pelo menos por uma vez, não me dirijo realmente à dona de meus pensamentos. Não sinto a menor necessidade de concluir minha frase em voz alta. O fim se perfila por si mesmo em minha cabeça. Então me dou conta de que estou me parecendo com meu irmão há dez minutos. O paralelo entre nós me desanima um pouco, mas certamente estou com o mesmo olhar evasivo que ele lançava ao céu cinzento através da janela.

Clara se mexe em meus braços, procuro um canto para acomodá-la e deixá-la se mexer. Nesse momento, me dou conta de todos os meus erros de padrinho inexperiente. Fui muito egoísta ao trazê-la comigo ao hospital. Nem cheguei a pensar em trazer um tapetinho qualquer com brinquedos e companhia para ocupá-la. Calculei tudo para nossa saída não coincidir com a hora da mamadeira nem do sono, mas não pensei no restante. A única possibilidade é deitar Clara no leito ao lado de Elsa, mas eu precisaria de um pouco mais de espaço para poder fazer isso.

Estendo meu casaco no chão e ali acomodo Clara enquanto arrumo um espaço mais agradável ao lado do corpo inerte. Fico travado por um momento. Elsa parece tão mais tranquila do que estava antes. Nada a ver com a face rígida e as mãos paralisadas de seu corpo retesado.

Só houve um aspecto positivo nesse espasmo, mesmo que eu preferisse que ele nem tivesse acontecido: pude ver os olhos de Elsa. De um azul pálido que me perturbou tanto quanto o estado no qual ela se encontrava. Penso um pouco e encontro o canto onde eu já tinha percebido essa nuance de cor. Na foto pregada na porta. O azul do gelo sobre o qual ela caminhava.

Antes de ver essa foto, eu jamais acreditaria que o gelo pudesse ser azul. Para mim, gelo é branco e, em alguns casos, transparente se você tem um bloco suficientemente puro e liso. Quer dizer, o gelo do congelador ou as pedras de gelo redondas do bar. Minhas referências são muito restritas. Ninguém nunca me mostrou gelo azul, a não ser em versão alimentar aromatizada e, mesmo assim, achei infame.

Ali, naquela foto, descobri o que nosso planeta é capaz de fazer. E isso me surpreendeu porque, sendo da área da ecologia, nunca tive de fazer estudos de campo em lugares como banquisas e geleiras. Mas como não fiz especialização em ecologia, meus estudos se limitaram a meus dois primeiros anos de estudante. Depois me concentrei em outras coisas. Elsa me fez botar os pés na terra. Ou melhor, na geleira.

Suspiro balançando a cabeça. Dez dias que cruzei a rota de Elsa, dez dias que meu mundo se orientou todo para ela. Não tenho a menor esperança de rever agora esse azul, que só é glacial na cor, mas tenho a esperança de revê-lo um dia. Não é porque o médico-residente não quis responder minha pergunta que Elsa está destinada a permanecer anos no coma. Talvez ele não tenha querido me dizer nada porque ela ainda vai permanecer assim por uns três meses. Três meses podem parecer uma eternidade para certas pessoas.

Por outro lado, ele me deu algumas informações valiosas. Elsa pode sobreviver duas horas sem todos esses artifícios eletrônicos. Eu já tinha entendido da última vez que boa parte era de detectores diversos e variados, mas não sabia que era possível desligar tudo isso por alguns instantes.

Agora eu sei, e essa informação vai me ser útil.

Me inclino acima dela e pego o cabo de seu respirador artificial. Tremo diante da ideia de realizar meu gesto e de provocar algo irreversível. Mas eu tive a prova cinco minutos atrás de que isso não teria nenhum efeito ruim durante certo tempo.

Aperto os dentes e fecho os olhos. *Clac*. Acabo de desencaixar o tubo transparente do respirador. No monitor ao lado, continuo ouvindo o bip regular e tranquilizador. Não tenho coragem de desligar a máquina, que continua bombeando no vazio. As equipes médicas certamente têm jeito de vigiar tudo isso à distância.

Me estiro acima do leito e afasto a haste da perfusão. E aí aproveito para soltar dois ou três outros cabos, só o tempo de deslocar Elsa. Por último, tenho à mão o frequencímetro preso ao dedo. É o único intervalo obrigatório de tempo que tenho se não quiser que as enfermeiras venham no modo "alerta".

Já passei a mão por baixo do corpo de Elsa. Sei que não fiz nenhum progresso desde a última vez, mas hoje estou decidido a chegar lá, mesmo que isso me custe um deslocamento de ombro. Me preparo muscularmente para erguê-la ao mesmo tempo em que desligo o frequencímetro do dedo dela. Minha segunda mão a segura rapidamente pela cintura e, num gemido de dar dó, consigo afastar Elsa uns vinte centímetros.

Minha adrenalina me faz religar rapidamente o frequencímetro ao dedo dela, e religo todos os cabos que tinha desconectado. Também reordeno os outros cabos. Perfeito! Elsa é a mesma de alguns segundos atrás, mas vinte centímetros mais para lá. A única coisa que não ficou perfeita é a câimbra que surgiu imediatamente bem acima de minhas omoplatas, mas esqueço a dor, sobretudo porque eu disse que valeria a pena.

Me levanto e dou uma olhada em Clara. Minha afilhada está deitada de costas no lugar em que a deixei, e seus olhinhos estão começando a se fechar. Meu casaco dobrado em dois deve ter feito o mesmo efeito de um colchão quentinho e macio. Imagino por um momento que estou no lugar dela, e o sono me vem imediatamente. Talvez o fato de ter deslocado Elsa vá ter alguma utilidade para mim também.

Pego Clara e a instalo ao lado de Elsa no leito. Ela se remexe contente, o lugar deve ser bem mais confortável que meu manto no chão de cimento. Tiro meus sapatos o mais rapidamente possível e me sento na beira do colchão para estudar a situação toda.

Sei que Gaëlle e Julien às vezes dormem de barriga para cima, com Clara deitada de bruços no peito deles, mas não tenho segurança para fazer o mesmo, especialmente num espaço tão limitado. Tanto faz, vou ficar de lado, com Clara entre Elsa e mim. Ela não correrá o menor risco de queda.

Só preciso ficar acordado, mas, mesmo que o sono me tente toda vez que vejo minha afilhada bocejar com aquela boquinha, sei que ficarei alerta para velar por ela. E aí me acomodo na beira do colchão para deixar o máximo de espaço para Clara, mas acho sinceramente que ela não vai perceber se eu apertá-la um pouco mais contra mim. Vendo suas mãos paradas, tenho a impressão de que já está dormindo.

Meu olhar passeia então pela pessoa que se encontra justamente atrás de Clara. O braço direito de Elsa faz um ângulo estranho, e percebo que o deixei atravessado no ventre dela depois de tê-la deslocado. Eu o pego lentamente, como se tivesse medo de despertá-la, e o estico ao longo do seu corpo. Mas acontece que ao lado dela está Clara. Apesar de todos os meus esforços, me vejo obrigado a deixar o membro inanimado em contato com minha afilhada. Isso não parece incomodar Clara de jeito nenhum; ela não se mexe um milímetro sequer. Então me dobro ao redor de Clara para formar um ninho. Meus joelhos encontram as pernas de Elsa e minha testa, seu ombro.

Assim de tão perto, o jasmim que habitualmente se desprende dela parece mais forte. Ou é seu odor que transparece mais através dos lençóis? Fecho os olhos por um instante e, de repente, me vem uma vontade de chorar. O soluço escapa de minha boca sem que eu tenha tido tempo de contê-lo. Acho que estou vomitando uma bolha de sofrimento enquanto meus lábios permanecem abertos.

Sou medíocre. Fraco. É preciso que eu me veja deitado num leito de hospital ao lado de uma mulher em coma e de um bebê adormecido para, enfim, permitir deixar minhas lágrimas correrem. Mesmo já tendo chorado quando Julien esteve comigo na semana passada, mas, agora, isso não tem nada a ver. As duas pessoas que estão neste aposento jamais poderão repetir em que medida minhas lágrimas eram abundantes, nem a que ponto meus gemidos eram dolorosos. Posso me deixar levar.

Choro de me acabar. Choro minha arrogância, minha fraqueza e minhas invejas. Choro por não ser capaz de conversar com meu irmão. Choro meu ciúme diante de Gaëlle e Julien, diante de sua união harmoniosa, de sua família perfeita. Sonho estar no lugar deles e, em vez disso, carrego a filha deles para um hospital e baixo a cabeça toda vez que uma mulher me sorri com ternura.

De repente, sinto frio, mas sei que isso é coisa de minha cabeça. Na verdade, não estou com frio; o que eu queria mesmo era ter dois braços ao redor de mim me reconfortando. Não os de minha mãe, não os de Julien, muito menos os de meu irmão. Não, os únicos braços que poderiam eventualmente me sossegar hoje são os dois braços inertes a poucos centímetros de mim. E sei perfeitamente por que penso assim. Tenho necessidade desses braços pela simples e boa razão de que não posso tê-los agora e que, se os quero de verdade, é preciso lutar. Certamente, lutar pela primeira vez em minha vida.

Tudo sempre me veio facilmente. A aprovação nos exames, os estudos, as etapas de minha vida, viver com alguém. Até mesmo com Cindy foi fácil. E, transcorrido o tempo, posso dizer até que o rompimento foi fácil, porque ela me deu razões mais do que suficientes para detestá-la, para poder digerir a separação rapidamente. São todos os efeitos secundários que foram menos evidentes, e eu consegui ir adiante. Ergui a cabeça buscando um novo apartamento, mas, por fim, esse foi o único objetivo que cumpri cem por cento a contento. Sofri o acidente de meu irmão sem estar nem aí pra isso. Talvez seja agora o momento de sair dessa situação.

★

Talvez seja agora o momento de sair dessa situação.

Paro de soluçar tão bruscamente quanto comecei. Minha decisão é essa. Sei como vou lutar. Vou lutar por mim mesmo, vou lutar por ela. Quero que Elsa acorde e quero despertar. Duas boias salva-vidas trabalhando juntas. Farei a parte consciente por nós dois, ela fará a parte... bem... não sei ao certo que parte ela poderia fazer, mas quero acreditar que fará algo.

Minhas lágrimas derradeiras correm sobre meu sorriso.

Sinto, então, certo calor em meus dedos e baixo os olhos para eles. Aperto os lábios ao descobrir que é o braço de Elsa que estou acariciando.

Preciso me acalmar.

Não, eu estou calmo! Preciso mesmo é raciocinar. Julien tem toda a razão.

Estou amando uma garota em coma.

Nesse momento, isso parece ser a coisa mais sadia que poderia me ter acontecido.

17.

Elsa

Verdadeira delícia! Estou imprensada entre um arco-íris e um floco dourado. Diante de meus olhos fechados, desfila todo um amontoado de cores, de nuances, cheio de pequenas borbulhas, que são ao mesmo tempo doces e faiscantes. Parece que a bebê adormeceu porque sua respiração é o que pode haver de mais calmo. A de Thibault me indica que está acordado. A minha me indica...

A minha me indica que Thibault não religou direito o meu respirador.

Segui alguns de seus movimentos, não pude associar cada som a cada sensor, mas, o do respirador, eu o identifiquei perfeitamente. Fico ouvindo um pequeno assobio, muito leve. O tubo de ar passa bem acima de minha cabeça. Posso perceber, em meio a todo o resto, o filete de oxigênio que escapa em meu quarto.

Mas não tenho por que ficar nervosa, mesmo se eu pudesse. Chega ar suficiente a meus pulmões para eu poder respirar. Não há razão para ter medo.

O medo... Não quero sentir esse medo especialmente, então me fixo no exercício de sempre quando Thibault está aqui.

Quero virar a cabeça e abrir os olhos.
Quero virar a cabeça e abrir os olhos.
Quero virar a cabeça e abrir os olhos.

Em meio a essa repetição mental, de repente sinto um intruso. Calor. Doçura. Contato.

Fugaz. Devo ter me enganado.

Quero virar a cabeça e abrir os olhos.
Quero virar a cabeça e abrir os olhos.

De novo, doçura.

Deixa acontecer, o que é que você poderia sentir?

Quero virar a cabeça e abrir os olhos.

Calor. Localizado.

Localizado? Sim? Onde isso?

Já passou.

Mas não estou enganada. Especialmente porque uma mancha violeta apareceu diante de meus olhos no momento em que senti o calor.

Senti... Como ter certeza de que não inventei esse calor? Com todos os meus exercícios de autossugestão, como diferenciar real de imaginário?

Deixo essas perguntas para lá. Resolvo que é real. Afinal de contas, parece que a faxineira me ouviu cantar da última vez. Bom... Cantar é certamente exagero. Talvez eu tenha simplesmente expirado mais pesadamente que de costume. Mas ela parecia tão convencida... E com a música passando em minha cabeça, eu quis acreditar que finalmente tinha emitido um sinal ao mundo exterior.

Rio em minha cabeça, com a impressão de que sou uma extraterrestre querendo entrar em contato com os habitantes deste planeta. Uma extraterrestre que por enquanto não sabe se comunicar a não ser por cores. Ainda assim "comunicar" é uma palavra forte demais para essa situação. Normalmente, a comunicação é via de mão dupla. Aqui, trata-se apenas de mão ú...

Calor inesperado.

Descarga elétrica.

O bip do sensor de frequência cardíaca se torna mais rápido e mais curto, depois de alguns instantes se regulariza. Thibault se mexe ao meu lado. Acho que está tentando ver o monitorzinho no qual desfila o testemunho de minhas pulsações cardíacas. Ele se imobiliza, como tentando entender ou como se estivesse esperando algo. Deve ter mudado de opinião ou se tranquilizado, porque seus movimentos seguintes me indicam que está se deitando. Meio corpo apenas.

Mas posso estar redondamente enganada. Especialmente porque não vejo motivo para ele estar apenas sentado. Mas, geralmente quando se instala a meu lado, Thibault passa algum tempo se mexendo como um gato procurando se aninhar. Mas agora, não estou entendendo nada. Não deve ser nada grave, ele deve certamente estar pensando, refletindo, vigiando Clara ou qualquer outra coisa. Pouco importa. O que conta é ele estar aqui. Porque eu, por ora, tenho trabalho a fazer e sei perfeitamente que isso funciona muito melhor se Thibault estiver presente.

Quero virar a cabeça e abrir os olhos. Quero virar a cabeça e abrir os olhos.

Calor e contato.

No braço.

Nesse momento, o sensor à minha esquerda emite quatro bips rápidos e depois volta a se estabilizar.

– E agora o que é que está acontecendo?

Mesmo que ele tenha murmurado, é evidente que Thibault está preocupado. Afinal de contas, ele me mudou de lugar, o que poderia ter provocado sabe-se lá o quê. Bom, ele também religou mal meu respirador, mas não está sabendo disso. Eu tenho a forte intuição de que a aceleração de meus batimentos cardíacos não tem nada a ver com a bomba à qual só estou parcialmente conectada.

Fui capaz de localizar o calor em meu braço.

Eu senti. De verdade. Dessa vez, não foi imaginação. Tenho certeza disso. Durante alguns instantes, meu cérebro localizou meu braço. Não sei qual ao certo, não sei se foi o esquerdo ou o direito. Mas eu senti.

E quero voltar a sentir.

A necessidade de contato. Imagino-a subitamente como uma dependência, um vício severo que necessitaria de meses de desintoxicação. Uma necessidade insaciável que poderia me fechar a garganta, obscurecer meus pensamentos, me fazer tremer até o último fio de cabelo.

Minha prece é ouvida algumas respirações mais tarde.

Sinto de novo.

Calor, doçura, contato.

Dessa vez, o braço é o direito, tenho certeza. Por outro lado, sei que não posso me mexer. Nem adianta tentar. Eu me concentro nesses pequenos influxos nervosos para tentar associá-los a lembranças. Depois do que deve ter sido um momento muito longo, sou capaz de distinguir duas zonas de "calor, contato, doçura". Uma imóvel, outra que se desloca. Essa é, pelo menos, a impressão que tenho.

Isso é muito louco... Não sinto minhas pernas, nem minhas mãos, nem nada, mas sou capaz de isolar duas zonas que devem ter menos de três centímetros quadrados.

O disparo severo do bip do monitor à minha direita logo me faz deixar de lado essas reflexões. É minha vez de perguntar o que está acontecendo. Não estou entendendo mais nada. Não estou sentindo mais nada... Agora, sim, estou sentindo só uma das zonas de calor e de contato, a imóvel. Já o lugar onde a sensação se mexia não existe mais. Queria entender o que está acontecendo.

De repente, os barulhos ficam abafados. Comparando isso com minhas lembranças, eu quase diria que meu cérebro voluntariamente apagou minha audição para se concentrar em outra coisa. Mas... para se concentrar em quê?

Escuto ao longe o bip que preocuparia qualquer médico e me pergunto por que ninguém invadiu ainda meu quarto. Minha noção de tempo está terrivelmente avariada, não consigo saber se faz um segundo ou uma hora que minha frequência desandou.

Essa é a primeira vez que minha audição me faz falta. Talvez meu respirador fosse realmente necessário. Talvez esses sejam meus últimos instantes de consciência. Tenho vontade de trancar os dentes e de lutar para restabelecer meus sentidos. Ou, pelo menos, meu sentido de audição. Quero tanto entender.

Minha cabeça se agita toda. As cores, as texturas, os pensamentos. Mais uma vez, não sei se já se passaram dois dias ou simplesmente alguns minutos, depois, pouco a pouco, vou me restabelecendo. Ouço o bipezinho se regularizar, ouço o motor do respirador, ouço a fuga de ar do tubo, ouço Thibault e suas lágrimas.

Eu já as ouvira há pouco. Pesadas, espessas, cheias de amargura, por causa das cores acinzentadas que desfilaram diante de meus olhos. Agora, a cor delas não tem nada mais de parecido com isso. É uma cor bem estranha. Quase como uma mistura de tristeza e de alegria. Incompreensível. Desisto de analisar.

Ouço também meu corpo processando uma grande inspiração.

Isso é inacreditável. Mas talvez seja porque, depois de um afluxo sanguíneo tão intenso meu corpo tenha necessidade de se reabastecer. Mas a questão é sempre por quê.

Por quê... Acho que esta é a única coisa que sou capaz de me perguntar hoje.

18.

Thibault

Não consegui resistir. Eu a beijei.

Esperava que fosse ser frio. Primeiro erro.

Esperava que fosse ser cadavérico. Segundo erro.

Claro que Elsa não teria como corresponder a meu beijo, mas ele foi macio. Suficientemente macio para que minhas memórias associem esse contato com qualquer outro beijo dado em um corpo adormecido. O típico beijo dado no meio da noite quando o parceiro ainda dorme. Talvez aquele beijo que busca justamente despertá-lo também. Aquele pelo qual a noite toma todo um outro aspecto, seja puramente sentimental, seja puramente físico ou então uma mistura dos dois. Fico me perguntando há quanto tempo eu realmente não partilhava um momento como esse.

Mas aqui, nesse quarto de hospital, não sei o que me deu.

Alguns diriam: "Foi mais forte que eu." Não gosto desta expressão. Eu preferiria dizer...

Era o esperado.

Eu a beijei.

Mordo meu dedo indicador dobrado para diminuir a tensão. Já faz duas horas que voltei para a casa de Julien e Gaëlle, e ainda estou supereufórico. Certamente, a adrenalina de toda essa situação, talvez até a porra desses hormônios que fervem quando nossos sentimentos despertam. Continuo envolto em uma espécie de euforia até agora, voltei ao apartamento quase às cegas. Como uma pessoa apaixonada pode ser ridícula...

Um balbucio de Clara me traz momentaneamente de volta à terra. Nossa! Já é hora de preparar a mamadeira da tardinha.

Ao entrar, liguei a televisão automaticamente, mas o som está muito baixo. Talvez tenha feito isso em busca de companhia, mas acho sobretudo que foi para me distrair. O problema é que não está funcionando. Nem Clara está conseguindo isso.

Assim que a mamadeira fica pronta, eu a ponho no colo e a deixo mamar tranquilamente. Meus olhos vagam pela sala e, finalmente, encontram um alvo. O manual do carrinho. O certo é que tenho planos para amanhã, e seria necessário aprender a desdobrar esse troço complicado. Mas outro livro chama a minha atenção debaixo da mesa de centro.

É curioso ele ter me chamado a atenção, porque está bem disfarçado embaixo das revistas. Eu mesmo o escondi ali da última vez, de propósito, para esquecê-lo antes de ir embora. Hesito um pouco ainda. Fico me perguntando por que Julien comprou esse livro para mim, ele que há uma semana fica me repetindo para prestar atenção a mim e ao que se passa em minha cabeça e em meu coração. Talvez ele esteja pensando que essa leitura vá me desmotivar de ir ver Elsa. Ou talvez esteja apenas querendo contribuir para minha instrução médica. Mas tenho cá minhas dúvidas sobre esta última hipótese.

Fico imóvel, refém da indecisão, até Clara terminar a mamadeira. É uma verdadeira guerra de olhares. Eu que escruto o livro para fazê-lo levitar até minha mão, o livro que me põe diante do desafio de ir pegá-lo. Felizmente para ele, o livro ganha um descanso durante o tempo em que vou pôr Clara para dormir. Infelizmente, para ele, eu o faço pular dali por volta das vinte e uma horas, depois do jantar e de um banho, como um soldado pronto para a batalha.

O livro começa com um prefácio que deixei logo para trás. O sumário é muito bem-feito, mas também o abandono rapidamente para atacar a introdução. Cinco segundos depois, já virei uma boa dezena de páginas para alcançar o núcleo do assunto.

As explicações começam de modo muito simples, intercalando algumas frases de teor científico. Mas, rapidamente, os termos se tornam muito mais técnicos. Quando tiro o nariz do livro e olho para o relógio, já são 21:10. Não... Não é possível... Tenho a impressão de já estar há mais de uma hora quebrando a cabeça com esse livro. Definitivamente, ele vai voltar para baixo das revistas. Já me dei por vencido.

Acho que uma parte de mim não está a fim de ler até que ponto alguém mergulhado no coma tem poucas chances de acordar.

Não tenho a menor ideia do estado de Elsa, ninguém quer me dizer nada. E sabe? Percebi que até prefiro que ninguém me fale disso. Prefiro ser cego e nada saber. Se eu não souber de nada, posso manter a esperança. E, atualmente, a esperança é tudo o que me faz seguir em frente.

21:15, pego o manual do carrinho de bebê. Volto discretamente para o quarto de Clara para resgatar o objeto de meu descontentamento e empurro a mesinha de apoio para abrir um pouco de espaço. A gesticulação que se segue deve ser semelhante a um balé muito mal dançado. Eu me transformo em péssimo dançarino, parceiro medíocre de um carrinho de bebê que não admite se dobrar, muito menos se desdobrar, às minhas exigências senão depois de um dueto sem misericórdia.

Finalmente, decreto o final do espetáculo, vitorioso, às 22 horas. Por precaução, deixo o carrinho montado na entrada de casa. Mesmo que eu o tenha dobrado e desdobrado cinco vezes consecutivas para ter a certeza de ter memorizado o processo, ainda tenho medo de não saber repetir amanhã de manhã.

Preparo tudo o que será necessário para minha afilhada, que me acordará no meio da noite, depois me deito discretamente em minha cama. A luta contra o carrinho deve ter me cansado mais do que o previsto, porque adormeço rapidamente. Por volta das quatro horas da madrugada, é com o espírito entorpecido que dou a mamadeira a Clara antes de mergulhar de novo em um sono profundo.

O despertador toca às sete horas. Não, é meu celular que vibra às sete. Eu me apresso para não perturbar os sonhos da maravilhazinha com quem estou dividindo o quarto.

É incrível ver até que ponto alguém pode recuperar comportamentos semelhantes em situações muito diferentes. Eu me lembro de ter acordado dessa mesma forma durante três anos para não incomodar Cindy, que dormia quinze minutos a mais que eu. Eu lhe preparava o café da manhã, no começo por amor, depois por hábito. Pensando bem, acho que só recebi algum agradecimento durante as primeiras semanas. Para mim, estava tudo bem, eu estava apaixonado; depois, acostumado. Hoje, sou simplesmente devotado. E também sei que Clara não me dará uma rasteira.

Eu me preparo inteiramente, a fim de estar completamente livre para Clara quando ela acordar, algo que logo acontece. Eu a agasalho com um monte de casacos para mantê-la bem aquecida, seguindo à risca as instruções de Gaëlle. Também não deixo de procurar atentamente o boné rosa que lhe dei de presente no dia em que ela nasceu. E o encontro bem dobrado com o resto das roupas de "sair", como diz Julien. Isso vem bem a calhar, estou planejando exatamente uma "saída".

Uma saída um tanto especial, é verdade. Será uma novidade para minha afilhada. E para mim também. Nunca fiz corrida com carrinho de bebê. Só sei que o modelo que Julien comprou é perfeito para isso. Estou até um pouquinho apreensivo, no entanto é mais por excitação do que por nervosismo. Enquanto espero, me sinto, pela primeira vez desde o início do mês de dezembro, um pouco menos astronauta. A jaqueta fica suspensa no porta-casacos quando fecho a porta atrás de mim.

Pegar o elevador com o carrinho de bebê se revela mais fácil do que imaginei, o que não posso dizer do simples fato de sair do prédio. Num domingo às nove horas da manhã, não há muita gente para segurar a porta para mim, aliás, não há ninguém. Mando Clara tapar os ouvidos, enquanto blasfemo até não poder mais durante todo o tempo de atravessar a porta do prédio. Lá fora, me sinto de repente reviver.

Não consigo entender completamente todas as sensações que me percorrem, mas me alegro pelo simples fato de ver os raios de sol se filtrando através das nuvens. Tecnicamente, não deveria chover; mesmo assim baixo a redoma de plástico por cima do carrinho. Não queria que Clara sentisse frio.

Começo tomando o rumo do parque em passo rápido. Depois de algumas centenas de metros, estou amando os tênis que peguei emprestados de Julien. Se o carrinho é tão adequado assim para corridas, vou gostar mais de voltar a correr do que eu pensava. Assim que chego às alamedas asfaltadas que dividem o grande espaço verde, acelero progressivamente. E me vejo trotando, primeiro desajeitadamente, depois com mais segurança, dando a volta no parque inteiro.

No carrinho, Clara parece mais desperta que nunca. Essa nova experiência deve encantá-la. Eu estava duvidando dias atrás, mas agora estou totalmente convencido. Começo até a planejar sessões mais regulares. Mas vou precisar falar com Julien. Poderíamos correr juntos, assim, de vez em quando. Chego até a me perguntar se Gaëlle não poderia participar também.

Por volta das dez horas, o parque já está um pouco mais cheio, mas muito menos do que eu imaginava. Pela simples razão de que o sol começa a se esconder definitivamente atrás das nuvens. Retomo então o caminho do apartamento e preciso até correr no final do trajeto, porque a chuva começa a cair.

Chego ensopado, entre suor e água da chuva, mas vou primeiro cuidar do anjinho que está adormecido no carrinho. Tiro seus agasalhos e troco sua roupa e, depois disso, Clara se recusa terminantemente a sair do meu colo. Ando pela sala me divertindo com ela, mas meu moral vai baixando à medida que a luz vai diminuindo. Ainda nem é meio-dia e já se poderia dizer que é noite. Esta sensação estranhamente se parece com aquilo que meu irmão observava ontem à tarde.

Quando um raio de sol fura as nuvens, eu me aproximo da janela para tentar retomar as sensações que tive ao sair hoje de manhã. Nada me acontece. É como se meu organismo tivesse esquecido tudo.

Ao longe, a chuva cai. Só um lugarzinho ainda tem direito a um raio de luz, fazendo ir e vir um arco-íris bastante pálido. Poderíamos até compará-lo a um sinal luminoso, me lembrando muito bem de um certo traço em certo monitor em certo quarto de hospital. Indico as cores para mostrá-las a Clara, mesmo sabendo perfeitamente que ela nunca se lembrará desse domingo no qual seu padrinho lhe ensinou a maneira certa de assistir a um fenômeno como esse.

    Suspiro olhando para o arco-íris. Fiquei apático, podendo dizer até que estou imitando a nova personalidade de meu irmão. Clara deve sentir isso, porque busca sair de meus braços. Eu a acomodo em sua caminha e volto para a janela, como se uma amante me atraísse para lá.

    A chuva intensa ao fundo reproduz o estado de meu coração. De repente, tenho vontade de gritar minha dor, mas sei que esse tipo de atitude começa a fazer bem. Já chorei o bastante. Tomei decisões. Odeio tempestades, mas esse arco-íris parece me devolver a esperança.

    Tempestades devem servir para alguma coisa.

19.

Elsa

O barulho lânguido do beijo que minha irmã está dando em seu ficante me repugna. Como tem coragem de fazer isso em meu quarto? Está certo que ela nunca teve de se fazer perguntas em matéria de namoradinhos. Ela só precisa escolher alguém no meio da tropa que a segue por todos os lugares. Portanto, o amiguinho em questão não teve de pensar durante nem um só instante antes de corresponder ao beijo que ela lhe propunha.

Se eu for acreditar no som de certos tecidos, tenho até a impressão de que ele enfiou as mãos por baixo da camiseta de minha irmã. Eu a escuto rir, mas ela deve ter se controlado porque os lábios dos dois finalmente pararam de se devorar.

Suspiro mentalmente. Sim, estou de saco cheio de tanto ouvi-los se beijarem, mas, sim, eu também estava sentindo certo ciúme. Não ciúme por minha irmã ter falado menos do que de costume, mas sobretudo porque não tenho tido a experiência desse tipo de contato desde um tempo que já me parece uma eternidade.

Quando acordei esta manhã, tinha perdido um pouco a noção do tempo, depois minha irmã chegou e entendi que era quarta-feira. Só notei que dia exatamente era quando ela atendeu o telefone. Parece que são dez horas, mas não tenho certeza de nada. De todo modo, posso dizer que o Natal será em cerca de duas semanas. E fico me perguntando que presente vou ganhar.

Nada, certamente.

Que presente alguém daria a uma moça em coma? Especialmente, quando seu aniversário aconteceu um mês atrás e quando se trata de alguém que os médicos só pensam em desligar.

Fico me lembrando do Natal do ano passado, que foi uma chateação só. Embarquei numa dessas ceias intermináveis com as mesmas pessoas de sempre e com os mesmos pratos de todos os anos, quando só queria uma coisa: calçar meus esquis e ir curtir nas pistas num dia em que quase ninguém vai às estações. Minha mãe tinha criticado em várias ocasiões minha falta de sociabilidade. Me esquivei da crítica dizendo que não entendia por que minha irmã tinha o direito de trazer um ficante de duas semanas e eu fora proibida de desfrutar a presença de um amigo de longa data.

O amigo que eu queria convidar era Steve. Toda a minha família já o conhecia, mas me disseram não. Meu pai o detestava desde que soubera que se tratava de meu parceiro de corda. Minha mãe o ignorava desde que entendera que se tratava *apenas* de meu parceiro de corda (e não de meu parceiro simplesmente). Já minha irmã...

Minha irmã, não faço ideia do que ela achava, mas tenho a impressão de que logo vou saber. Através da porta de meu quarto, ouço bem uma voz que me parece ser exatamente a de Steve. A alegria me invade e me invade de verdade. Ela chega até a me submergir, porque minha vitória da semana é ter voltado a ser capaz de perceber minhas emoções.

Sinto o que está em circulação em meu sangue. Sinto essas mensagens químicas que me percorrem e que provêm de meu cérebro e a ele retornam carregadas de informações. A tristeza, depois a alegria são as emoções que estou experimentando hoje, mas ontem parece que meu quinhão foi de dor, de cólera.

Estas duas últimas foram por causa de meu médico-chefe e de seu médico-residente que passaram para uma visita de cortesia. De fato, eles vieram simplesmente conversar sobre meu caso. Era como se precisassem me ter sob os olhos para argumentarem melhor, cada um segundo seu ponto de vista. O médico-chefe deu uma aula de moral a meu residente ao saber que ele pôs minha família a par de meu espasmo de sábado. O médico-residente se defendeu dizendo que era absolutamente normal fazer isso. O médico-chefe insistiu na necessidade de deixar de lado pormenores insignificantes depois que estivesse registrado o detestável "menos X" no prontuário do paciente. Meu sobressalto não teria passado de um ato reflexo, uma mensagem nervosa que não passava de maneira nenhuma pelo cérebro, mas apenas por meu sistema nervoso autônomo. Eu desliguei depois de todos esses termos médicos, mesmo estando curiosa para conhecer os argumentos de meu médico oficial. Quando voltei a mim, não havia ninguém mais em meu quarto.

Mas agora estou aqui com cinco pessoas, e isso faz um baita barulho.

– Pauline! – exclama Rebecca. – Olá! Eu não esperava ver você! Bem legal que você está aqui. Como vai?

Minha irmã responde animadamente a Rebecca. Imediatamente imagino a cara de desemparo do ficante de minha irmã ao se ver diante de três desconhecidos. Ela faz as apresentações. Seu garoto emite apenas um pequeno grunhido no lugar de "bom-dia". Não conto nem dez segundos e ele pega a rota de fuga.

Steve e Alex ficam brincando no canto deles, enquanto Rebecca se inquieta, como de costume.

– Você acha que assustamos o garoto?

– Oh! Relaxe, Rebecca! – responde minha irmã. – Ele é só um pouquinho selvagem.

– Do jeito que ele segurava você pela cintura, "selvagem" é realmente o termo apropriado – destaca Alex rindo.

– Alex! – dizem simultaneamente as duas garotas.

– Oh! Isso é bom; temos o direito de rir um pouco, não temos?

– E eu concordo com ele – acrescenta Steve.

– Eu... bem... lamento.

Fico desconcertada. Era a voz de minha irmã, mas a voz de minha irmã transformada. Uma espécie de murmúrio incomodado que não aparenta a menor convicção. Francamente, isso não é comum vindo dela... De repente, eu entendo.

Minha irmã e Steve. Socorro... Minha irmã seria apaixonada por Steve?

Agora que a hipótese me atravessa o espírito, me pergunto por que não pensei nisso antes. Era tão evidente! Mas não, foi necessário eu passar pelo coma para me dar conta disso. Todos os indícios que nunca vi. Por isso é que eu não conseguia exprimir exatamente em palavras o que minha irmã pensava dele.

Essa ideia me permite experimentar fisiologicamente minha nova emoção do momento, a compaixão. Porque me vejo esperando muito ardorosamente que minha irmã consiga reconhecer o que sente. Bom, talvez não neste quarto de hospital. Sobretudo porque Steve não é do tipo de perder seu tempo com explicações, mesmo quando se trata de garotas.

Penso até que ele tentou ser sutil apenas comigo e, por falta de sorte dele, isso não funcionou, mesmo sendo um traço de caráter que busco em alguém.

Fico desenhando o quadro de Steve e de minha irmã juntos. Isso me faz sorrir por dentro. E me imagino sorrindo mesmo.

— Ela está com o ar feliz hoje — diz Rebecca.

Compreendo que ela está falando de mim porque ouvi seus passos trazendo-a para mais perto do meu leito. Tenho vontade de gritar de felicidade quando sinto o contato de sua mão em meu braço esquerdo, minha segunda vitória desde a visita de Thibault.

— Mesmo não tendo o menor motivo.

A voz de minha irmã me congela o sangue. Nova emoção. A apreensão. Ainda não cheguei ao medo. E, para falar a verdade, esta é a primeira vez que tenho vontade de não o sentir.

— O que é que você quer dizer, Pauline? — pergunta Steve.

– Não, nada.

– Espere aí, você acha que vamos deixar você esfregar isso na nossa cara sem ter de explicar?

O que é que eu estava dizendo?... Sutileza em Steve? Totalmente inexistente.

– Não tenho autorização de falar disso com vocês – retoma minha irmã.

– Como assim, não tem autorização?

– Porque vocês não são da família.

Steve deve estar prestes a entrar em ebulição. Pelo que compreendo, Rebecca se aproximou de minha irmã.

– Pauline, você sabe que, para Elsa, nós fazemos parte da família dela, mesmo que não tenhamos nenhum vínculo de parentesco. Você não pode nos deixar nessa expectativa depois do que acabou de dizer. O que está acontecendo?

Estão vendo? Isso se chama tato! Agradeço silenciosamente a Rebecca por sua delicada intervenção, embora firme. Meus três amigos querem uma resposta, e não vão embora enquanto não a tiverem recebido.

– Francamente! Preciso mesmo explicar?

A voz de minha irmã dilacera o meu coração. Acho que ela vai começar a chorar.

– Ela não vai acordar, é isso?

Já a de Steve é tão fria quanto as geleiras que tínhamos por costume percorrer. Em meu espírito, suas cores acabam de passar do vermelho profundo ao azul mais escuro que existe. Emoções demais para mim. Quase tenho vontade de me ausentar dessa conversa.

— Os médicos dizem que não.

O tom de minha irmã conclui sua explicação. Ninguém diz nada. Pelo menos imediatamente.

Como era de se esperar, é Alex quem começa a falar.

— Obrigado pela informação. Tenho certeza de que Elsa gostaria que você nos pusesse a par.

— Não tenho a menor ideia do que é que Elsa teria querido e acho até que ninguém jamais poderia saber — retruca minha irmã em cólera.

— Calma, Pauline, não ajuda em nada você ficar assim.

— Como assim não adianta de nada? Fico do jeito que eu quiser!

Acho que nunca tinha ouvido minha irmã falar dessa maneira.

Nesse momento, o trinco da porta range de novo. Ouço a respiração comum das quatro pessoas em meu quarto. Será que era o amiguinho de minha irmã de volta?

— Ai... Acho que estou chegando num momento ruim.

Thibault. Meu arco-íris. Ele vai ter de dissipar a eletricidade do ambiente.

– É! É bem provável! – lança minha irmã. – Quem é você?

– Calma, Pauline.

Desta vez, a ordem vem de Steve. Isso, ao mesmo tempo, me emociona e surpreende.

– Venha comigo – continua ele.

– Para onde? – explode minha irmã.

– Vamos nos acalmar lá fora.

Compreendo que ele a pega pelo braço e a arrasta para o corredor. A porta bate atrás deles. Um silêncio pesado se instala no quarto.

E, justamente como eu pensava, mesmo com minha irmã e Steve fora do quarto, a tempestade segue no aposento.

– Bom dia para vocês dois... – diz Thibault se aproximando. – Acho mesmo que estou chegando num momento ruim. Ou então eu fiz algo que não devia?

Imagino meu arco-íris confuso, não sabendo bem como agir. É isso o que sua voz reflete. De repente, sinto um desejo profundo de ter sucesso em meu exercício "virar a cabeça e abrir os olhos". Queria tanto, tanto vê-lo.

– Não, é só a irmã de Elsa que está um tanto... indisposta – diz Alex por precaução.

– Ela não me pareceu estar passando mal – destaca Thibault.

Ninguém lhe responde. Ouço Thibault se aproximando de mim. Ponho em alerta todas as partes de meu cérebro que gostariam de funcionar bem. De tanta concentração, percebo um contato em minha testa, nos cabelos e na face, ao mesmo tempo em que ouço uma mão passando por ali. Tenho a sensação de me afogar, como se o doce calor fosse tão imponente quanto um oceano. Contudo, a sensação é tão ínfima quanto um bater de asa de borboleta.

A respiração de Thibault está bem próxima, tão próxima quanto nos dias em que ele adormecia a meu lado.

– Hoje não vou ficar, Elsa – murmura ele o mais docemente possível. – Muita gente veio ver você. Não vou dar uma de egoísta e guardar você só para mim.

Emoções confusas. Mescla caótica de ciúme, de inveja, de tristeza e outra coisa que não consigo determinar isoladamente.

Sensação nítida. Thibault me beija no rosto. É como uma explosão de sabores. Focalizo a menor parcela de meu cérebro, mesmo as mais inativas, naquilo que estou sentindo. Acho que eu seria capaz de descrever exatamente o formato dos lábios dele, o redondo de sua boca, a menor estria sobre a carne rosada que sonho literalmente beijar.

Mais que nunca, quero virar a cabeça e abrir os olhos.

O calor se apaga antes que eu consiga meu objetivo.

Como não me afoguei no contato, me afogo em minha própria tristeza ouvindo Thibault se despedir de Rebecca e de Alex. Ele sai do quarto, eu fico num mundo à parte. Nem mesmo as vozes de meus amigos conseguem me trazer de volta. O máximo que consigo é captar algumas palavras no meio de tudo isso, como se os sons estivessem abafados por nuvens.

– Você acha que devíamos contar isso a ele? Ele parece tão próximo dela agora...

– Não. Vamos deixá-lo sonhar. Que ao menos alguém de nós ainda possa fazê-lo.

20.

Thibault

Fico olhando ora para meu relógio, ora para o relógio de parede de meu escritório a cada três minutos pelo menos, como se um dos dois pudesse estar mentindo. Desde hoje de manhã, não consigo me concentrar. É uma atrocidade. O relatório que tenho diante dos olhos não avançou um centímetro. Chego até a me perguntar se ele *realmente* se mexeu um centímetro desde que o abri.

Sei exatamente o que está acontecendo. Estou sofrendo de uma falta que só poderei preencher amanhã, já que ontem não pude vê-la. Enfim, pude vê-la, mas apenas por dois minutos, e me custou toda a minha elegância não ficar e me apoderar de Elsa durante a horinha que eu tinha diante de mim. Como resultado, fiquei vagando pelos corredores do hospital, passando várias vezes diante do quarto 52, mas também diante do quarto de meu irmão. Minha mãe deixara a porta entreaberta para me tentar pela enésima vez.

Ela tinha razão. Eu me deixei tentar. Entrei no quarto calado. Eles tentaram me fazer falar, mas agarrei uma revista e nem levantei os olhos para eles e me enfiei num canto, porque minha mãe estava ocupando a única cadeira desconfortável reservada aos visitantes.

Escutei a conversa deles com um ouvido distraído percorrendo as páginas da revista que se demonstrou uma compilação de todos os mais extravagantes artigos possíveis. Nem percebi que minha mãe tinha saído. Só quando meu irmão limpou a garganta é que finalmente ergui os olhos e constatei que estávamos a sós. Ficamos olhando fixamente um para o outro um momento, em silêncio, depois meu irmão tomou a palavra. De início, uma conversa completamente banal, depois, ele de repente se lançou por um caminho totalmente diferente.

– Por que você nunca vem me ver?

– Você quer mesmo saber? – disse eu, calmamente.

– Na verdade... não – respondeu ele, suspirando. – Você acha que eu mereço o que está acontecendo comigo. Mas vou refazer minha pergunta. Por onde você anda enquanto mamãe está aqui? Você fica no carro?

Nesse momento, fechei a revista, dei uma olhada para a porta fechada e decidi contar tudo. Sem parar, contei meus ataques de depressão na escada, minhas crises de raiva, meu erro de quarto duas semanas atrás, meu encontro com Elsa. Contei todos os meus momentos de indecisão e também o momento no qual entendi meus sentimentos por uma garota em coma. Também confessei que não cabia em minha cabeça o fato de meu irmão ter matado duas pessoas apenas porque tinha sido muito estúpido para pegar o volante bêbado como estava.

Falei tudo isso numa desordem só, mas ele acompanhou a história. Em determinado momento, até pensei estar vendo seus olhos brilharem um pouco, mas não, isso não era possível.

– Continua com raiva de mim? – ele me perguntou depois de meu monólogo.

– E como...

– O que você está fazendo aqui, então?

– Como assim?

– O que você está fazendo aqui em meu quarto? Ela não quis ver você hoje?

Eu me levantei de um pulo e, em menos de dois segundos, estava em cima dele, com a mão em seu peito, meu rosto a menos de vinte centímetros do dele.

– Eu o proíbo de falar dela desse jeito.

Meu olhar sustentou o dele durante um longo momento, até que ele baixou os olhos. O que me disse em seguida me fez recuar de surpresa.

– Você está apaixonado de verdade.

Isto não foi dito com maldade nem com zombaria. Isso foi dito com inveja. Não entendi nada do que estava acontecendo. Sobretudo porque meu irmão continuou a falar.

– Você está apaixonado de verdade, e eu tenho inveja de você. Não de você estar apaixonado, mas de poder sentir emoções desse tipo. Eu nunca fui supersincero ou... profundo, sim, esta é a palavra. Eu nunca fui profundo naquilo que sentia pelas pessoas. Não sei. Talvez por medo de elas não me amarem? Ou então eu não estivesse nem aí. E hoje o que encontro é... nada. Mas isso não quer dizer que eu esteja acabado.

Fiquei imóvel enquanto ele falava, depois entendi que não prosseguiria. Eu estava francamente atônito. Não dei a menor confiança a minha mãe quando ela me disse que meu irmão estava refletindo sobre tudo o que acontecera com ele.

Talvez eu devesse ter dado ouvidos a ela.

– Você tem de tentar – arrisquei ponderar enquanto voltava a me sentar no ângulo do quarto.

– Eu gostaria muito – respondeu ele sem grandes floreios.

– O que está esperando por você lá fora?

– Nem ideia...

A partir daí, o olhar dele ficou vagando pelo lado de fora e ele só voltou a conversar com minha mãe, quando ela voltou. Ele até chegou a olhar fixamente para mim por alguns segundos quando nós fomos embora. A mescla de sentimentos mais desordenada que eu já vira. Havia tal confusão de sentimentos e de emoções nos seus olhos que cheguei a me perguntar por um momento como ele pôde me dizer que não sentia nada. Então me despedi dele com um gesto de cabeça, talvez para encorajá-lo a algo que não sei o que é. A resposta dele foi muito mais discreta que a minha, e nisso ficamos.

No carro, minha mãe tentou saber o que acontecera durante os dez minutos em que esteve ausente. Chego até a pensar que ela armou para nos deixar a sós. Quando eu ia deixá-la em casa, ela quis que eu ficasse. Pelo menos por uma vez, eu concordei sem hesitar. Eu não ia pedir outra vez a Julien que me fizesse companhia naquela noite, sobretudo porque o batizado de Clara será domingo, e ele tem muito mais a fazer do que se ocupar de seu melhor amigo.

★

E aqui estou, me segurando há três horas para não ligar para ele porque tenho a impressão de que a noite vai ser barra-pesada. Não tenho vontade de ir para a casa de minha mãe para não ter de encarar uma carrada de perguntas. Não quero ir para a casa de algum colega, porque as perguntas seriam muitas mais. Tenho vontade é de vê-la.

Meu livro-cujo-herói-pode-ser-você se abre de repente em minha cabeça. Ele fica bloqueado a noite toda na página 100 ou na "página em branco", como eu gosto de descrevê-la. Então, é como se um golpe de vento simplesmente virasse a página para o número 99: "Faça o que tiver vontade."

O que é que me impede de ir ver Elsa esta noite? As visitas são autorizadas todos os dias, apenas o horário varia. Hoje é quinta-feira. Normalmente, a visita vai das 15 às 18 horas. Tenho a resposta meio segundo depois. Meu expediente se encerra às 18 horas. Logo, não vai dar para ir.

Sim. Tem jeito.

Não tenho nem tempo de rir com o que vejo na página 54: "Faça tudo o que esteja a seu alcance para ter êxito", e corro para a sala de meu chefe. Em meu livro-cujo-herói-pode-ser-você, não estava descrito *o que fazer* para alcançar o objetivo, ele apenas indicava *faça tudo*. Optei pela honestidade parcial – não tenho tempo para inventar o que quer que seja.

– Tenho um assunto importante para resolver. Posso sair mais cedo?

Meu chefe me olha cheio de suspeita. Nunca fiz um pedido de teor pessoal desde que fui admitido nesta empresa, mas meus acessos de raiva contra Cindy quando nos separamos – mesmo que isso já esteja fazendo um ano – marcaram meu prontuário funcional com um grande xis vermelho.

– Que assunto importante seria esse? – pergunta meu chefe num suspiro.

– É complicado explicar – respondo hesitante.

– Tenho a impressão de que você é que é complicado, Thibault.

– Pode ser, sim.

Minha resposta o fez sorrir. Percebo que o ganhei.

– Mais cedo quanto, exatamente? – me pergunta ele ao me ver já saindo de sua sala.

– Agora mesmo? – lanço eu, dizendo a mim mesmo que o maior risco que corro é ganhar um não educado.

– Vá. Se mande. Mas amanhã, esteja aqui às sete horas para compensar.

Balanço a cabeça agradecendo, depois corro para minha sala para pegar minhas coisas. Meu coração bate desabalado, não sei se por conta de minha corrida pela escada ou de minha vitória. Até que me saí bem!

Só sei de uma coisa.

Vou vê-la.

21.

Elsa

Mas isso é Natal com duas semanas de antecipação! Hoje é quinta-feira e Thibault está aqui.

Ele está no meu quarto já faz um tempinho. Chegou eufórico. Ele me contou seu dia estranho, inclusive ter saído do trampo mais cedo para vir me ver. Fiquei perplexa ao ouvir isso. Tanto mais porque essa foi das raras vezes em que ele teve uma conversa desse tipo comigo, se é que podemos falar de conversa aqui. Sua voz colorida estava cheia de matizes divertidos. Por fim, ela se estabilizou em uma textura aveludada e eu passei a perder o que ele dizia. Por sinal, ainda não entendo bem, mas isso não é nada demais. Me sinto bem, isso é o que importa.

Apesar do "menos X" rabiscado no meu prontuário médico, eu me sinto bem.

Aliás, me parece que Thibault é a única pessoa que ainda não está a par desse detalhe. Talvez por isso eu me sinta tão bem quando ele está aqui. Talvez seja por isso que meus sentidos voltem na presença dele. Eu amo minha família e meus amigos, mas... Thibault é realmente aquele por quem insisto em despertar a qualquer custo.

Como em todas as outras vezes, ele está aqui, deitado a meu lado. E como das outras vezes, ele religou mal meu respirador, o que vai provocar algum resmungo da enfermeira quando ela se der conta disso. Até agora, ela pensa que é o tubo que escorrega. Ela nem chega a desconfiar que alguém o desligue com frequência.

Por sinal, acho que Thibault se acostumou a me mudar de lugar. Ou então, ele ficou mais forte. Mas num prazo de poucos dias apenas, isso seria surpreendente. Mas isso não impede que hoje eu deva ter sido empurrada até a beirada de meu leito, porque eu o ouvi suspirando de contentamento ao se afundar em meu colchão. Mas ainda não sei ao certo se ele está dormindo.

– Elsa...

Não, ele não está dormindo. Ou então, ele fala enquanto dorme. Mas esse murmúrio é o de uma pessoa desperta.

– Elsa...

Eu queria tremer. Como adoraria lhe responder. Em duas semanas, seu nome se repetiu mais vezes em minha cabeça do que qualquer outro pensamento em dois meses. É uma das únicas certezas que tenho sobre ele. Seu nome. Quanto ao mais, só me resta imaginar com que ele pode se parecer.

Em minhas horas de solidão, tive tempo para examinar meus sentidos. De início, parti do fato de que a visão era o mais importante, mas, por estar isolada apenas com minha audição, concluí que ouvir já era um belo trunfo. Decidi que o paladar podia ser classificado como secundário. Quanto ao olfato, percebi que eu adoraria sentir o cheiro de Thibault. Nesse momento, o pequeno bip que fica ao meu lado disparou por alguns segundos, depois pude voltar a meus exercícios mentais. Mas acredito sempre que nenhum deles é tão eficaz como quando Thibault está deitado aqui ao meu lado.

E hoje, mais do que nunca, eu adoraria descobrir seu rosto, a cor de seus olhos, observar as mãos que provocaram descargas elétricas em meus braços na primeira vez.

Eu queria senti-lo, saber se ele usa algum perfume, aprender a reconhecer o cheiro de sua pele. Eu queria tocar o corpo dele com o meu. Inteirinho.

No entanto, deixo o sentido do paladar de lado porque o sensor de frequência cardíaca dispara de maneira bem compreensível quando me concentro nele. Cada vez que me imaginei beijando Thibault, revivendo a lembrança que eu tinha dos lábios dele em minha face, ouvi a enfermeira chegar. Na quarta vez, em menos de meio expediente, o médico de plantão mandou que parassem de incomodá-lo por causa disso. Mas eu me lembro de que ele disse que precisava lembrar a seu colega, o médico responsável pelo caso, de me mandar fazer uma ultrassonografia. Mas quando ele viu o "menos X" em minha ficha médica, logo mudou de parecer, informando à enfermeira que esquecesse o que ele acabara de dizer.

Esse interlúdio me deu uma esperança muito fugaz de poder mostrar ao mundo que ainda estou ativa. Mas todos eles confiam em sensores de menor amplitude, quando nenhum deles mostra os sinais de minha atividade cerebral. Mas... mesmo assim, eu estou viva!

E tenho vontade de gritar.

Eu estou viva!

– Elsa... Quando é que você vai acordar?

A voz de Thibault me dá ganas de chorar. Posso até sentir minhas glândulas lacrimais tentando se ativar. É maluco isso de poder localizá-las em seu próprio corpo. Claro que isso ainda não é lá grande vitória para alguém que está desperto e declara orgulhosamente: eu posso situá-las, mas agora é uma verdadeira delícia, uma vez mais, perceber partes de meu organismo. Sentir não passa de uma etapa a caminho do movimento.

Essa é uma espécie de credo que inventei para mim mesma. Meu cérebro é capaz de receber informações. Eu queria tanto que ele também pudesse enviá-las.

Eu queria tanto poder dar uma resposta a Thibault. E minhas dúvidas me fazem afundar rapidamente. Sei que preciso de tempo para acordar. Mas eu não tenho esse tempo. O "menos X" em meu prontuário logo talvez se transforme em "menos algo". E mesmo que eu espere que esse algo seja o maior possível, sei muito bem que nunca será algo infinito. Tomar uma decisão dessas certamente corroerá meus pais. Não os "vi" mais aqui depois da conversa que tiveram com o médico. Sei que estão pensando. Mas, no lugar deles, se tivesse de me decidir pelo sim, eu ia preferir não arrastar demais a questão.

– Eu quero que você acorde.

Estas poucas palavras, pronunciadas no murmúrio mais doce, me arrancam de meus pensamentos negativos. Fico dividida entre a ironia de pensar: "E eu, então?!" e um "Obrigada..." totalmente emocionado. Mas tudo o que posso é me contentar em me imaginar dizendo uma coisa ou outra. Meu corpo, porém, parece captar meu desejo, porque eu me ouço suspirar. Parece até que estou sentindo meu diafragma se remexer em meu ventre. Se Thibault fosse o único a ficar o tempo todo comigo...

Então, eu o imagino amarrado a cada hora do dia e da noite a meu lado, respirando, vibrando, presente como nunca. Volto a pensar nos lábios dele em minha face. Meu ritmo cardíaco se acelera um pouco no monitor, mas nada de alarmar. Meus pensamentos vão todos apenas para aquilo que eu me proíbo já faz algum tempo, mas não consigo conter. O bip acelera e eu fico martelando minha cabeça para controlar tudo isso. É preciso acreditar que isso adianta.

A partir de então, minha imaginação desembesta. Sério.

Depois tudo se congela.

Uma sensação vem subindo por minhas pernas.

Estou com frio.

– Elsa. Você tem de acordar e pôr um pouco de músculos nessa situação toda!

O tom brincalhão de Thibault me surpreende tanto quanto a sensação de frio. Mas do que ele está falando?

– Acabo de me permitir olhar suas pernas. Espero que você não me odeie por isso. Só puxei o lençol para baixo. Nada de desonesto de minha parte, só estou vendo dos seus pés até seus joelhos. Estou me perguntando com que suas pernas se parecem.

Me dá vontade de rir. O que é que minhas pernas poderiam ter de tão interessante?

— Pesquisei um pouco sobre o que era realmente o montanhismo. Lendo tudo aquilo, pensei que você devia ser muito musculosa! Mas nessa área, minha linda, você vai ter muito trabalho ao acordar!

Outra vez, eu queria me acabar de rir, responder a Thibault que eu trabalharia tanto quanto ele quisesse e que não estou nem me importando se minhas panturrilhas estão se parecendo com gravetos. Quem se importa? Estou com frio, Thibault! Com frio! Você não percebe isso?

— Estou apaixonado por você, Elsa.

Um. Dois. Três. Biiiiiiiiiiiiiip!

O sensor cardíaco emite um som poderoso no momento em que meu peito se crispa todo. Os músculos de meu pescoço se retesam bruscamente, minha cabeça pula levemente para trás. Meus ombros descem sobre minhas costas. Minha bacia recua. Minha respiração é cortada. Depois tudo desmorona.

Sinto picotamentos em todo o meu corpo, como um retrogosto ou um retrossentido, dizendo melhor, do que acaba de me acontecer. Durante um segundo completo, estou inteiramente consciente de meu corpo. Repita, Thibault, eu lhe suplico, repita. Eu quero ser eu outra vez.

— Elsa... Eu... Eu acho que você me ouviu.

Sim, eu ouvi você, Thibault! Claro que sim! Faz duas semanas que eu o escuto! E adoraria ouvi-lo repetir para sempre o que me disse. Para me acordar, para me dar a certeza, pelo prazer de saber.

Saber que uma pessoa neste planeta continua acreditando em mim.

Mas tudo o que ouço é simplesmente um mexe-mexe de lençóis e o peso de um corpo que se retira do colchão. Percebo o meu corpo sendo deslocado e devolvido ao centro do leito. Depois, Thibault repassa seus sapatos e suas roupas de frio. Conheço esse ritual de cor. O pulôver, o casaco, o zíper, o cachecol, as luvas, o boné no bolso e um ajeitar dos cabelos.

Seu peso à beira do meu leito.

– Eu sei que você consegue me ouvir, Elsa.

Seus lábios contra meu rosto.

O bip do sensor cardíaco no momento do contato.

– Você me dá provas disso toda vez.

Nesse momento, distingo barulho de corre-corre no corredor, mas os passos apressados passam diante de minha porta sem entrar aqui. Isso parece devolver Thibault ao que ele se aprontava para fazer.

– Até amanhã...

Um novo beijo, e Thibault vai embora.

Meu cérebro armazenou mais informações que nunca. Agora, ao trabalho.

22.

Thibault

— Saia da frente!

Eu me grudo na parede do corredor, porque o tom imperioso do enfermeiro basta para me fazer entender que ele estava sem tempo para ser bem-educado. Não sei o que está acontecendo, mas o quinto andar está em polvorosa. Enfermeiros e médicos correm de uma maneira certamente organizada, mesmo que, para mim, tudo pareça em total desordem. Deve ter acontecido algo, mas não estou muito interessado no que possa ter sido.

Meu espírito estava bem longe. Em algum lugar entre meu corpo e meu coração. Eu nunca tinha feito uma declaração em situação parecida. Ao mesmo tempo, desafio qualquer um a me mostrar uma situação similar.

Vou pela escada porque os elevadores estão todos ocupados pelo caso urgente que parece estar levando pânico à metade do quinto andar. Quando chego ao térreo, a agitação já tinha se propagado. Saio do prédio me esgueirando pelas paredes para não atrapalhar as pessoas de jaleco que se precipitam para o lado de fora. Percebo um grupo de médicos a uns trinta metros. Isso deve ser a razão da confusão.

Alcanço meu carro, com meus pensamentos sempre presos no quinto andar em torno do corpo frágil do quarto 52. Corpo que eu queria apertar em meus braços. Mas quando vi aquelas pernas tão finas e tão frágeis depois de meses de imobilidade, achei que meu desejo era egoísta e me contentei em me sentar ao lado dela antes de vir embora. Tive muito medo de quebrar alguma coisa.

Chego em casa vinte minutos depois sem ter visto o trajeto que fiz. Me acomodo no sofá, todos os meus sentidos adormecidos. Meus gestos são apenas reflexos e hábitos. Uma ideia vai tomando corpo lentamente em mim ao mesmo tempo em que beberico um copo de suco de pera.

Amo uma pessoa e essa pessoa sabe disso.

Dou um profundo suspiro e mordo meu lábio inferior para segurar, em vão, um sorriso. Qualquer pessoa que me pedisse para explicar a situação me classificaria de louco. Rejeito esse pensamento dizendo a mim mesmo que se eu a tivesse encontrado e amado antes de ela entrar em coma, a situação teria sido um pouco diferente.

A campainha de meu telefone me obriga a me levantar do sofá e de meu sonho desperto.

– Alô? – digo num bocejo.

– Já cansado a essa hora?

– Julien... agora não tenho nem mais o direito de bocejar?

– Não quando sou eu que estou ligando.

– Bom! E você está me ligando por quê?

Meu melhor amigo me joga em cima um pequeno questionário sabiamente preparado por sua esposa a respeito do batizado de Clara. Se eu já tinha pensado naquilo e naquilo outro, que eu não podia esquecer tal outra coisa, que eu tinha de fazer isso durante a cerimônia e sei lá mais o quê.

– Estou lembrado de tudo, fique tranquilo! O que é que Gaëlle está querendo com tudo isso? Me fazer passar por um último teste para ser padrinho de Clara? O fim de semana que passei com ela não foi o bastante?

– Sim, sim. Você cuidou muito bem de Clara. Gaëlle ficou muito contente.

– E então?

– Só estou tentando desestressar um pouco.

Nisso Julien me surpreende. Meu melhor amigo estressado?

— O que está acontecendo? — imediatamente pergunto.

— Ah! Por causa da preparação do batizado tenho ficado um pouco irritado... com Gaëlle.

O tom de Julien me faz hesitar.

— Julien... o que é que você quer exatamente que eu faça?

— Você tem um tempinho hoje à noite?

— Claro! Tenho sempre todo o tempo do mundo para você! Mas o que está acontecendo?

As respostas de Julien vão começando a me preocupar.

— Ah! Nada de grave! Não se preocupe!

— Por que tudo isso, então?

— Tenho só uma coisa para lhe dizer. Tudo bem a gente se encontrar no bar? Ou não, melhor na sua casa mesmo. O que acha?

— Sim, perfeito! Mas você tem certeza de que está tudo bem mesmo?

— Certeza. Até daqui a pouco.

Julien desliga. Fico perplexo por um instante e desisto da ideia de ligar de novo para saber algo mais. Daqui a pouco ele estará aqui. Então não custa esperar.

Passo os olhos pelo apartamento. Ainda há pouco, quando cheguei, não prestei muita atenção porque estava concentrado apenas pela metade naquilo que fazia, mas minha sala está numa sujeira completa.

Aproveito a meia hora que Julien vai demorar para chegar, para arrumar um pouco a casa, depois dou uma olhada no que tenho para servir a ele além de suco de pera. A resposta salta aos olhos depois de cinco minutos de pesquisa ativa: nada. Tudo bem, ele é meu melhor amigo, não vai me odiar por isso.

Toca o interfone. Abro a porta do prédio para Julien e o espero na porta de casa. Quando ele chega, um minuto depois, olho bem para ele tentando entender essa súbita necessidade de vir até aqui. Ele me dá um beijo e entra rapidamente, tira os sapatos, corre para a sala e se afunda no sofá.

Eu lhe mostro minha garrafa de suco de pera sem dizer uma só palavra. Ele responde com um gesto de mão que significa "isso serve!". Nenhum de nós disse uma palavra depois que nos falamos pelo interfone. Me instalo diante dele e o observo. Isso me faz rir porque geralmente a situação é a inversa.

— Por que você está rindo? — me pergunta ele.

— Nos últimos tempos, era você quem ficava esperando que eu falasse. Agora, é você quem tem de abrir o bico.

Julien balança a cabeça e eu vejo um sorriso escapar de seus lábios. Depois, ele se levanta, fecha a mão direita com a esquerda, sinal de que está realmente preocupado, e respira profundamente.

– Gaëlle está grávida.

Em uma fração de segundos, percorro uma multiplicidade de estados. Felicidade por meu amigo, inveja dele, alegria por Clara, que vai ter um irmãozinho ou irmãzinha, ansiedade pelo casal de amigos que vai ter uma segunda criança em casa, e entendo nesse momento a urgência de Julien se "desestressar", como disse ao telefone. E resumo tudo isso em uma única palavra.

– Genial!

Julien olha bem nos meus olhos e vejo, enfim, seu rosto se iluminar.

– Que bom ouvir você dizer isso!

Eu me levanto para lhe dar um abraço apertado. Sinto toda a sua emoção diante da ideia de ser pai pela segunda vez. Vejo até que ele está chorando um pouco, certamente de alegria, porque não vejo motivo de choro.

– E com você, tudo bem? – me pergunta ele voltando a se sentar no sofá.

– Com uma notícia dessas? Evidentemente!

– Não, mas... Quero dizer...

Entendo o ligeiro mal-estar de Julien. Ele sabe que eu adoro crianças. Todo mundo sabe disso. E ele também sabe que o fato de eu ainda não ser pai começa a me abalar.

– Está tudo bem, Julien. Não se incomode. Vou encontrar a pessoa certa no momento certo.

– Nossa! Que beleza de progresso! – ele exclama com sinceridade.

– É mesmo, eu sei! Mas e você não vai me explicar por que estava tão estressado?

Prefiro desviar a conversa, estou sem vontade de falar de minha situação com Elsa.

– Bem... é que isso estava me angustiando – confessa ele.

– O quê?
– Você.
– Eu?
– O fato de ter de lhe dar a notícia.

Eu teria me derramado em lágrimas se meus princípios de virilidade não fossem tão rígidos em uma situação como essa. Eu já os tinha deixado de lado quando chorei a última vez no bar, mas agora eu meu agarro a eles.

– Julien... agora você já pode parar de se torturar com isso. Sério! É verdade que tenho um pouco de inveja da família maravilhosa que você tem, mas acho que estou pronto para ter a minha. Então, vamos deixar isso tudo para trás, combinado?

Julien parece estar tentando adivinhar em meu rosto se não enfiei alguma mentira em algum canto. Aparentemente, não encontrou nenhuma. Balança afirmativamente a cabeça, e eu sorrio para ele me divertindo. E começamos a rir quando o telefone toca de novo.

– Licença. Já volto – eu lhe digo interrompendo nossas risadas.

Atendo sem olhar o número, ainda banhado na euforia da notícia que acabo de receber. De repente, fico sério ao ouvir o ambiente por trás da voz feminina. Não sou inteiramente capaz de associá-la a um lugar específico, mas algo me diz que essa chamada não é algo sem importância.

– Sr. Gramont?

– Sim, sou eu.

– Boa noite. É do hospital Rosalines.

Meu sangue congela. A voz da enfermeira desaparece por trás de uma tela sonora que meu cérebro fabrica automaticamente para ocultar as informações, enquanto procura pelas possíveis razões para esse telefonema. A primeira pessoa que me vem à mente é Elsa, mas não vejo razão para o hospital me contatar para falar dela.

– Alô? Sr. Gramont? O senhor está me ouvindo?

– ... Sim, me desculpe. Não consegui ouvir nada. Pode repetir o que estava dizendo, por favor?

– Eu estava dizendo que estou ligando para o senhor porque não consegui localizar a outra pessoa, a sra. Gramont. Acho que se trata de sua mãe, não é?

– Sim, é. O que está acontecendo?

– Estou... realmente sinto muito ter de lhe dar uma notícia dessas por telefone, mas... Seu irmão morreu. Ele caiu da janela do quarto há quase uma hora. Tentamos reanimá-lo. Em vão. Todo o corpo médico está convicto de que foi suicídio. Eu sinto muito, muito. O senhor precisa vir ao hospital para resolver as questões burocráticas e depois... bem! O senhor entende, não entende?

Se ela disser mais uma vez que sente muito, eu desligo.

– Sr. Gramont?

Estou em vias de apagar. Sinto um frio terrível. Mas, mesmo com meu espírito se desfazendo, ainda encontro meios de responder.

– Estarei aí em meia hora, com a sra. Gramont.

Desligo sem lhe deixar tempo de acrescentar uma palavra. Por hábito, eu tinha me afastado um pouco para não incomodar Julien com uma conversa telefônica. Mas sinto que ele vem se aproximando de mim.

– Thibault? O que foi?

Permaneço virado para a janela, depois me viro lentamente. Meus princípios de virilidade estão em vias de se quebrarem em mil caquinhos.

– Sylvain...

Julien compreende de imediato. Mas não vejo como pode ter entendido. Ou então ele entendeu apenas que algo de grave acabara de acontecer.

– É preciso ir ao hospital?

– Preciso primeiro pegar minha mãe.

– É tão grave assim?

Respondo com um aceno de cabeça, incapaz de pronunciar uma só palavra. Julien se apressa em rodear-me, enquanto permaneço imóvel. Ele me atira meus sapatos e minha jaqueta de astronauta. Eu não sei como é que acabei aterrissando no banco de passageiros do carro dele. Também não sei como minha mãe foi parar no banco de trás. Não sei de nada. De nada. De nada. De nada, além da dor e dessa porra dessa barreira que tentamos construir em volta dela.

23.
Elsa

Ele me disse "até amanhã".

E isso já faz uma semana.

Repassei nosso último encontro um milhão de vezes para ver seu eu não estava enganada, mas não. Tenho certeza de que ele me disse "até amanhã". No começo, fiquei até tranquila. Ele talvez tivesse tido alguma outra coisa para fazer. Claro que tinha *outras coisas* para fazer. Isso me provocou uma ponta de ciúme.

Mantive um fio de esperança durante a semana, quando o trinco de minha porta rangeu, mas era apenas um médico. Não sei exatamente qual, mas tenho fortes indícios para achar que era o médico-residente. Acho que ele folheou meu prontuário e rabiscou algo nele. E também ficou bastante tempo junto aos meus monitores, como se estudasse cada um deles, depois saiu sem dizer uma só palavra. Mas por que razão ele falaria, não é?

Depois disso, experimentei novas emoções. Decepção, angústia passageira. Medo.

Medo, eu ia acabar sentindo. Mas eu queria tê-lo deixado para o final. Especialmente por não se tratar do tipo de medo que gosto de sentir.

Numa geleira, quando eu estava com os crampons nos pés e via uma ponte de neve ou uma fissura, sempre sentia um pouco de medo. Mas era um medo com adrenalina controlada, como dizia a Steve. Sabíamos que quase tudo dependia exclusivamente de nós, de nosso modo de atravessar, de nossa delicadeza e de nossa rapidez, de nossa agilidade e de nossa inteligência. Sempre havia a parte da sorte, mas, francamente, não pode fazer montanhismo alguém que não aceite encarar riscos a cada passo.

Mas o que estou sentindo hoje é um medo que me devora por dentro. Não tenho o menor domínio sobre ele, nenhum meio de escondê-lo atrás de alguma outra emoção. Estou na expectativa, e essa expectativa é interminável.

No começo, tive medo de que Thibault não aparecesse nunca mais. O que implicava que meus exercícios não seriam mais tão eficazes; logo, que eu poderia não despertar a tempo. Em meio a tudo isso, tive medo de que tivesse acontecido algo com ele. Em resumo, era certo que meu organismo estava voltando a funcionar no meio dessa química atroz.

Felizmente, isso estimulou um pouco todo o resto. Meu sentido do tato está voltando bastante bem. Acho que até senti um cheirinho de jasmim no momento em que a auxiliar de enfermagem passou duas gotinhas em meu pescoço, mas não sei se isso era simplesmente fruto de minha imaginação ou se a informação era real. Mais uma vez, simplesmente decidi pensar que era real. Prestes a morrer, é melhor fazer todo o possível para estocar o maior número de informações que eu possa, mesmo que isso implique sentir meramente um cheirinho de jasmim. Ou inventá-lo.

Tenho a impressão de ser uma bolsa desarrumada. Um bolsa cheia com um monte de coisas tão grotescas quanto naturais, que se encavalam umas sobre as outras. Não consigo de fato diferenciar as informações que me assaltam. Elas me chegam cada vez em maior número. É como se meu cérebro estivesse chegando a um ponto de saturação. Como se as áreas ativas ocupassem apenas alguns nanômetros quadrados, com essas três últimas semanas ocupando todo o espaço. Aqui se empilha, ali se superpõe. Duvido que tudo isso venha a se misturar. Por isso digo a mim mesma, todos os dias, que talvez faça menos de uma semana que Thibault me disse "até amanhã", mas o rádio da faxineira toda noite me confirma a data.

E é estranho, porque minha irmã também não veio quarta-feira. Talvez ela tenha tido provas? Talvez sua última visita a tenha abalado muito. Não tenho a menor esperança de que tenha se acertado com Steve. Ele não faz parte do pelotão que a segue. De jeito nenhum. Mas espero simplesmente que ela consiga. Steve merece uma linda história, e já é tempo dela começar uma.

Eu também queria começar a minha.

Tenho a dupla impressão de que é essencial e ridículo pensar assim. Como, em meu estado, posso dar importância tão capital a uma história de amor? Eu devia querer viver para me mexer, para voltar a uma geleira, ver minha família, encontrar pessoas, descobrir o mundo, sorrir de me acabar e rir e rir mais ainda. Sei que essas são as coisas que me importam. Enormemente. Mas também sei que o sentimento de amar é o que dá cor a tudo isso.

Sorrio mentalmente. Eu poderia dar muitas dicas a minha irmã a partir de minhas histórias com as cores. Elas certamente lhe seriam muito úteis no curso de artes plásticas. Não desejo que ela assuma meu lugar para descobrir tudo o que aprendi, mas eu gostaria muito de compartilhar com ela o que aprendi. Afinal de contas, não sei se ela será capaz de adaptar o que aprendi ao mundo da pintura e dos pincéis, mas valeria a pena tentar.

Estão vendo? Começo a divagar. Preciso parar de pensar. Enfim, pelo menos parar de pensar em tantas coisas aos mesmo tempo. Em tantas pessoas. Isso me confunde.

Achei ontem a solução, ou pelo menos... no que penso ter sido ontem. Já fazia um bom tempo que eu tinha chegado a ela, mas sem ainda me dar conta de quanto essa baixa atividade me permitia esquecer todo o resto. Foi quando a apliquei que consegui perceber o quanto isso aliviava minha mente. Por isso, vou retomá-la agora.

Eu quero virar a cabeça e abrir os olhos.

Eu quero virar a cabeça e abrir os olhos.

De vez em quando, um pensamento furtivo se enfia pelo meio. Um "eu quero amar", que afasto imediatamente. Isso me arrastaria para uma divagação muito mais nefasta.

Eu quero virar a cabeça e abrir os olhos.

Mesmo que isso aconteça apenas por meio segundo antes de meu espírito se apagar definitivamente, eu quero virar a cabeça e abrir os olhos.

24.

Thibault

O barulho de uma porta que bate no hall de meu andar me sobressalta. Abro os olhos com dificuldade e assim fico durante o tempo necessário para minhas pupilas se acostumarem à escuridão.

Num canto do aposento, o reloginho eletrônico marca 2:44. Ouço o murmúrio líquido da geladeira na cozinha, o zumbido de um ou dois carros lá embaixo na rua. Alguns sinaizinhos vermelhos brilham perto de mim. As reverberações alaranjadas da cidade fazem entrar um pouco de luz em meu apartamento.

Se eu não estivesse sentindo essa pressão esquisita no estômago, diria que se trata de uma noite normal, tranquila, na qual eu teria adormecido no sofá folheando um livro. Mas não vejo nenhum livro na mesa de centro da sala, apenas um cadáver de uma garrafa de suco de pera... deve fazer dois dias que não tomo um banho. Talvez três?

Empurro a velha coberta com os pés e me levanto. Minha cabeça gira. Acho que deve fazer um dia que não como nada. Desde quando exatamente me joguei no sofá?

Melhor não procurar a resposta.

Meu estômago se aperta ainda mais. Não consigo decidir se estou ou não com fome. De todo modo, seria bom comer algo.

Levanto meio sem jeito e vou para a cozinha. Minha geladeira até que está bem abastecida, mas as primeiras opções que vejo ou são desinteressantes ou estão com o prazo de validade vencido. Por fim, me decido por um hambúrguer e massa. A refeição do perfeito estudante, mas, quase às três da madrugada, é a única coisa que me apetece.

Ponho água para ferver, preparo a massa ao lado. A frigideira começa a esquentar e jogo ali o pedaço de carne. Tomo as últimas providências, a saber, pegar um prato, talheres e uma peneira, sem me concentrar em nada, depois me afundo numa cadeira.

Fiz tudo isso no escuro, tendo como única referência os fracos clarões que as reverberações da luz externa quisessem me dar. Não sei como seria comer numa penumbra dessas; o que sei é que não vou fazer essa experiência. Afasto minha cadeira para trás até alcançar o exaustor. Meu braço é longo o suficiente para ligar o pequeno interruptor. A luz amarela está atrás de mim, mas fornece claridade suficiente para eu distinguir meu ambiente. Vai ser o suficiente.

Outra luzinha, branca e piscante, atrai minha atenção na sala. Meu celular. Também foi deixado de lado faz dias, tanto quanto o telefone fixo. Cheguei a me dar o trabalho de mudar a mensagem da secretária eletrônica do fixo, dizendo que, no caso de algo realmente importante, deixassem uma mensagem e eu a ouviria. Caso contrário, bastava desligar. Lembro de ter ouvido minha mãe duas vezes, me perguntando como eu estava. Julien e Gaëlle também. Mas, depois do primeiro dia, mais nada.

No celular, nem toquei. Eu não ia enviar uma mensagem ao planeta inteiro explicando minha situação. Devo ter ali cerca de trinta mensagens diversas. Entre as mensagens de voz e os torpedos, terei do que me ocupar uma manhã toda. Sei que, entre as de minha mãe e as de Julien, deve haver mensagens de membros da família e, pior ainda, sei que estarão falando da ceia de Natal, daqui a poucos dias. Meu primo também deve ter tentado me contatar desde o último sábado.

Às minhas costas, a água ferve. Eu me levanto para jogar o macarrão na panela, viro o hambúrguer; o cheiro já me faz salivar e tranquiliza mentalmente meu estômago, fazendo-o entender que a comida está quase pronta. É estranho ver a que ponto nossos instintos primitivos podem surgir nos momentos mais inesperados. Estou deprimido com a morte de meu irmão, e meu corpo pedindo comida. Isso poderia parecer insensibilidade, mas, não, é o ciclo natural das coisas.

Isso foi o que disse a pessoa que enterrou meu irmão sábado passado. Tudo é um ciclo. Nascemos, vivemos, morremos. E isso é cíclico, continua com os outros, até que eles, por sua vez, se apaguem. Eu não sei onde foi que comecei, mas o que é certo é que tenho a impressão de estar bloqueado no meio do círculo, sem saber como sair dele.

Na verdade, sei perfeitamente onde foi que comecei. Comecei na última quinta-feira, quando chegamos ao hospital, minha mãe, Julien e eu. Rapidamente ficou evidente que meu irmão realmente tinha se suicidado e que não se tratara de um acidente. Ele deixou alguns indícios no quarto, um dos quais me estava pessoalmente destinado. Quando nós éramos crianças, dissemos que um dia seríamos pilotos de aviação comercial e que voaríamos os dois juntos. No avião de papel deixado sobre o leito, meu irmão escreveu: "Voamos lado a lado, só que não escolhemos a mesma pista para aterrissar." E havia um emoticon sorridente embaixo e, mesmo que a aproximação com o modo com que ele pôs termo a sua vida tivesse sido perturbadora, sei que meu irmão falava simplesmente de nossas escolhas de vida.

Depois disso, tudo veio em sequência sem que eu prestasse muita atenção. A burocracia, o enterro, meu chefe que me dá duas semanas de licença, o batizado de Clara, onde todo mundo me deixa quieto porque Gaëlle e Julien avisaram a maioria dos convidados. Consegui esboçar um sorriso no momento em que peguei Clara nos braços para assinar o livro enorme, depois fui embora assim que a cerimônia acabou. Ao chegar em casa, mudei a mensagem da secretária eletrônica. Depois, não tive contato com mais ninguém.

O cheiro da carne cozida me faz voltar a mim mesmo. Preparo meu prato e o levo para a mesa. Fico surpreso com a voracidade com a qual devoro minha refeição. Esvazio meia garrafa de água e a encho de novo antes de voltar para a sala. Não sei se é pelo fato de ter comido ou simplesmente por ter acordado numa hora dessas, mas estou morrendo de sono. Despenco no sofá com, pela primeira vez em vários dias, uma verdadeira intenção de dormir. Não consigo contar nem até três, e as trevas voltam a me envolver.

Dessa vez, é a campainha da porta que me acorda. Uma olhada rápida no relógio. Quase onze horas da manhã. Minha sala inundada de luz e, mesmo assim, eu estava dormindo profundamente. O barulho estridente da campainha me sobressalta de novo, e resmungo um vago "já vou", me desvencilhando da coberta.

O espelhinho atrás de minha porta de entrada me serve pela primeira vez em um ano, porque demoro três segundos tentando pôr ordem em minha juba. De resto, estou usando a mesma roupa faz uma eternidade, mas isso é melhor que nada.

Abro a porta na firme intenção de mandar passear a pessoa que se encontrar ali à minha frente, mas me controlo ao ver minha vizinha, uma senhora já bastante idosa.

– Ah! Você está aí! – exclama ela. Eu não sabia se você tinha saído de férias ou não, porque sua caixa de correio está abarrotada! Tomei a liberdade de pegar o que já estava para fora. Pegue aqui. E... você precisa tomar um banho.

Ela pisca um olho. E fico sem jeito enquanto ela volta para seu apartamento. Só aí entendo que foi ela quem deixou a porta bater às três horas da madrugada. Ela demonstra uma energia surpreendente para a idade que tem. E não perde tempo com delicadezas vãs.

Passo os olhos pelas cartas que me entregou. Nada de realmente importante, e deixo tudo aquilo na sala. Hesito entre um café e um banho, e me decido pelo café primeiro, depois, banho. É a fome que me afasta do banheiro, e me vejo outra vez fazendo uma triagem na geladeira. Enquanto minha comida vai sendo tranquilamente preparada, pego a pilha de cartas e faço ar de quem se interessa.

Eu tinha razão. Nada de urgente. São as mesmas correspondências perfeitamente inúteis. O piscarzinho branco de meu celular entra em meu campo de visão no momento em que estou levando tudo aquilo para a entrada. E penso que, em vez de abrir as cartas, é melhor continuar e botar meu telefone para recarregar.

Olho rapidamente os torpedos e respondo brevemente a Julien, a meu primo e a minha mãe. Não sinto vontade de ligar para ninguém. Vem em seguida a longa lista de mensagens de voz, e eu deixo o telefone no viva-voz para ouvir todas, gritando "apagar" de vez em quando, lá da cozinha, onde vigio minha comida ficando pronta. Devo estar ouvindo a décima segunda quando uma voz nova começa a falar.

– Bom dia, Thibault. Aqui é Rebecca. Você vai se lembrar, nós nos vimos duas vezes no hospital. Deve lhe parecer estranho eu ter seu número, mas acabei conseguindo seu celular depois de muito pedir ao pessoal do hospital. Eu queria lhe avisar, e Alex e Steve concordam comigo. Elsa vai ser desligada. É isso. A família dela marcou isso para daqui a quatro dias. Não sei se você quer vir se despedir ou algo assim. Você tem meu número agora; não hesite em me ligar.

Meu corpo e meu cérebro disparam num relâmpago. Corro para meu telefone para ouvir de novo a mensagem e me atrapalho todo com o teclado. Depois de um minuto, consigo finalmente saber a data do telefonema. Rebecca me contatou na segunda-feira, dia 16. Se eu puder acreditar no que informa meu telefone, hoje é dia 20. Nem é preciso fazer muito esforço para entender que "daqui a quatro dias" é hoje. Meu relógio pessoal para de girar, depois, lentamente, tudo se põe em funcionamento em minha cabeça.

Desligo o fogão e corro para pegar minhas coisas. Não tenho tempo nem mesmo para amarrar os sapatos e enfiar o casaco. Ao chegar no carro, não sei sequer se passei a chave na porta de casa. Só sei que fui o mais imbecil entre todos os caras deste planeta.

Como pude esquecê-la? Como pude esquecer Elsa? Enquanto dirijo, eu me conscientizo de que não a esqueci, mas de que parei de acreditar nela. O suicídio de meu irmão me fez rever tudo o que eu pensava sobre o fato de Elsa poder me ouvir. Ela era meu salvo-conduto enquanto meu irmão estava lá. A partir do momento em que ele nos deixou, achei que Elsa também estava me deixando, quando, na verdade, fui eu que, por fim, a deixei. Imbecil...

Eu sei que ela pode me ouvir. Tenho certeza disso.

Então, a pergunta que tenho de me fazer agora não é: "Como pude ser tão estúpido para deixar isso de lado?", mas: "Por que é que eles decidiram desligá-la?"

E é com essa pergunta na cabeça que avanço pelo corredor do quinto andar do hospital, meu coração e minha razão se preparando para a discussão complicada que vou ter de encarar daqui a pouco.

25.

Elsa

Estou com medo.

Pelo menos isso é claro. Estou aterrorizada.

Aliás, não devo ser a única assim. Faz um tempão que o médico e o residente saíram. Eles só estiveram presentes no início, na parte médica. Tenho vontade de dizer "para a parte elétrica", porque, francamente, desligar todos os meus aparelhos é algo que até uma criança de seis anos poderia fazer.

Agora, três pessoas estão aqui comigo. Chegamos a ser nove, contando comigo, neste quartinho. Estava bastante lotado. Steve, Rebecca e Alex saíram há pouco. Acho que entendi que foram esperar lá embaixo. Tenho ânsia de vômito só de pensar nisso. Meus amigos esperando que eu... Que horror. Se eu estivesse no lugar deles, teria logo ido almoçar e fugido para o lugar mais distante possível. Mas eles foram se esconder apenas cinco andares abaixo. Isso impõe certa distância, mas eles continuam nos limites do hospital.

Meus pais e minha irmã estão aqui; eles também estão esperando. Tenho vontade de dizer a eles para caírem fora. Não quero seu amor, ainda menos seu pesar. Eles não acreditaram em mim, o que é simplesmente repugnante. Mas, talvez, no fundo, eles tenham razão. O que é uma vida na qual só posso receber sem dar nada em troca? Se é para passar o resto dos meus dias apenas ouvindo e sentindo, eu me pergunto se não é melhor...

A porta se abre. Passos rápidos, respiração descompassada. Meus pais parecem surpresos; pelo ritmo choroso, não deve ser o médico que mudou de opinião.

— Bom dia — diz minha mãe numa voz infinitamente triste. — O senhor está aqui para...

— Mamãe — interrompe minha irmã —, você acha que ele veio por causa de quem? Vamos, vamos deixá-lo tranquilo dois minutos. Já faz uma hora e meia que estamos aqui, ela não vai partir imediatamente.

O tom de minha irmã, entre firmeza e pena sem medida, me aniquila.

— Por que vocês estão fazendo isso?

Meu coração dá um pulo no peito, provocando uma curta alteração em meu pulso fraquejante, mas ninguém presta atenção a isso.

Meu arco-íris.

Eu não reconheci seu andar nem seu modo de respirar, mesmo que, sem o barulho do respirador, o quarto esteja tão silencioso. Talvez esteja começando mesmo a faltar oxigênio em meu cérebro, faz mais de uma hora que estou respirando por mim mesma, ou pelo menos estou tentando. Meu cérebro sabe que é difícil, mas estou tentando aguentar o tranco. Mas agora que ouvi a voz de Thibault, é como se meu organismo quisesse se agarrar a uma última esperança.

Minha mãe começa a balbuciar um simulacro de frase.

– Como assim por que...

– Mamãe, você é inacreditável! Por que vamos desligá-la? Hein? É isso o que ele quer saber! Não é isso? Não é o que você quer saber?

A amargura de minha irmã ressoa pelo quarto todo. Acho que ela jamais esteve de acordo com meus pais nessa decisão de me desligarem.

– Sim, é o que eu gostaria de saber – responde finalmente Thibault.

– Pergunte a eles! – dispara minha irmã antes de abandonar o quarto.

– Pauline – chama minha mãe. – Volte aqui! Que... Eu vou buscá-la.

– Deixe-a – suspira meu pai.

– Não, eu vou buscá-la.

A porta bate. Imagino meu pai e Thibault, os dois no quarto. Em outras circunstâncias, o encontro poderia ser muito mais interessante. Mas aqui tenho comigo duas almas igualmente perdidas.

Thibault se aproxima de mim e me beija no rosto. Imediatamente visualizo meu pai estranhando aquilo. Ele não tem a menor ideia de quem é Thibault e, pensando bem, não se pode dizer que eu saiba realmente, mas ver um desconhecido beijar a própria filha não pode deixá-lo indiferente.

– Você ainda está respirando – murmura Thibault no meu ouvido, aliviado, antes de se reerguer.

– E então? – pergunta ele a meu pai, sem tirar a mão de meu ombro.

– Não há mais a menor esperança – responde meu pai num tom derrotado.

– Isso porque vocês decidiram assim.

– Você acha que foi uma decisão fácil?

Meu pai está ficando furioso. Tenho vontade de prevenir Thibault, mas não posso fazer nada. Então, me contento em escutar. Afinal de contas, é o que sei fazer de melhor. Pelos poucos instantes que me restam.

– É mais fácil do que acreditar – replica Thibault. – Ela nos escuta! Ela sabe que estamos aqui! Como vocês podem condená-la à morte?

— Sim, eu sei – diz meu pai, evidentemente nervoso. – Todos esses papos de que pacientes em coma nos ouvem. Mas é preciso se dobrar às evidências: Elsa escolheu nos deixar.

— Não escolheu, não! Como é que o senhor diz que ela escolheu no estado em que está?

Aqui, sinto vontade de dizer a Thibault que ele está enganado. Sim, eu escolhi tentar. O problema é que não deu tempo de dar certo.

— Mas, para começo de conversa, quem é você? – pergunta meu pai, de repente.

— Um amigo de Elsa.

Eu já sei de cor essa resposta. Não sei por quê, mas hoje ela me decepciona um pouco.

— Eu nunca o vi – prossegue meu pai. – Você faz parte daqueles que vão com ela para as... geleiras?

Meu pai pronunciou a última palavra com tanto desgosto que deve ter feito, ao mesmo tempo, uma careta.

— Não. Mas isso não tem nada a ver. Vocês não podem desligá-la. Não antes que ela acorde!

— Ela não vai acordar mais.

— Como é que vocês sabem disso? Eu estou lhe dizendo que ela nos ouve!

— Então ficamos na mesma! E eu não preciso escutar você, você que é apenas alguém que se diz amigo, mas de quem nunca ouvi falar, que não sabe o que minha mulher e eu tivemos de enfrentar para chegar a essa decisão! Eu amo minha filha! Minha mulher e eu amamos nossa filha! Quem lhe deu o direito de me dar sua opinião?

Meu pai terminou de falar já berrando. A voz de Thibault contrasta em volume. A resposta que ele dá é quase sussurrada.

— Porque eu amo sua filha.

Sensações de quente e de frio misturadas. Formigamento nos dedos. O frequencímetro, único aparelho ao qual ainda estou ligada, reflete a aceleração dos meus batimentos cardíacos. Ouço Thibault se voltando para mim.

— Elsa? Elsa, eu sei que você está me ouvindo! O senhor viu? — diz ele a meu pai. — Ela reagiu.

— Pare com isso, é apenas um efeito aleatório. Os médicos dela já nos explicaram tudo isso. Deixe-a agora.

A cólera de meu pai se transformou em exasperação.

— Nem pensar — diz Thibault. — Não tem Cristo que me tire daqui.

— Bah!... Faça o que quiser. Mas... O que é que você está fazendo?

Dessa vez, percebo claramente a preocupação na voz de meu pai. Localizo então um barulho que se tornou muito habitual, o de todos os meus aparelhos sendo mexidos. O problema é que nenhum deles está mais ligado a mim. Compreendo que a intenção de Thibault é repor tudo em funcionamento. Mas ele não sabe fazer perfusões ou conectar os tubos nasais.

– O que vocês mesmos deveriam ter feito – diz Thibault, concentrado em mim.

– Mas você está louco... Pare com isso! Pare com isso agora!

– Venha me parar.

O tom de Thibault teria imobilizado qualquer pessoa. O arco-íris se congelou por um instante contra um azul esbranquiçado digno da mais sólida geleira que eu conheça.

– Vou chamar os médicos.

Meu pai se afasta, a porta bate. Estou sozinha com Thibault.

Ele empurra as máquinas, procura os tubos. Mas acho que as enfermeiras fizeram seu trabalho bem-feito. Não deve ter sobrado nada no quarto, além do meu respirador, que é muito pesado para carregar, e do sensor de frequência cardíaca, que pronunciará a decisão final. Sinto uma mão trêmula em meu ombro.

– Elsa, por favor. Eu sei que você está me ouvindo. Não sei nada de coma. Mas sei que você está aqui. Por favor...

A porta do meu quarto se abre com estrondo, mas o som me chega abafado. Ouço meu pai. Acho que passos avançam na minha direção. Não! Na direção de Thibault, porque sinto que ele está sendo arrancado de mim. Os barulhos vão ficando cada vez mais apagados. Consigo, no máximo, identificar as vozes no meio de uma multidão barulhenta e, mesmo assim, curiosamente silenciosa. O médico, o residente, meu pai, minha mãe e minha irmã histéricos. Steve também está aqui. Ele fala com alguém, ele está gritando com alguém, sério.

Eu me sinto leve e pesada. Simultaneamente. Não sei mais onde estou. Tudo se embaralha. Como toda vez que tudo se embaralha, eu me refugio em meu exercício.

Só uma vez mais.

Só uma vez mais, antes de tudo se apagar.

26.

Me desliguei de tudo o que estava acontecendo ao meu redor. E me concentrei totalmente nela. Todo o meu corpo é administrado por reflexos ou então meu cérebro literalmente se dividiu em duas tarefas: tentar me livrar do controle de Steve e olhá-la, olhar para ela.

Se ela parar de respirar, acho que paro com ela.

Agora que parei de me debater, ouvem-se apenas grunhidos, respirações, murmúrios. Algum choro também. Talvez eu faça parte disso. Pouco importa. Mas a totalidade desses sons é ritmada pelo bip lento, terrivelmente lento do monitor.

A curva luminosa me hipnotiza. Vou da curva para Elsa, consciente de que, pela primeira vez, posso ouvir sua respiração sem assistência eletrônica alguma. Ela parece tão lenta, tão frágil.

Com todas essas pessoas em volta me vigiando, não ouso nem abrir a boca. Tenho vontade de dizer tantas coisas a Elsa. E, ao mesmo tempo, tudo poderia ser reduzido a poucas palavras. Relaxo meus ombros de uma vez, o aperto de Steve vai se suavizando progressivamente.

— Você tem de deixá-la partir, cara.

Minha cabeça pula e meus olhos se enchem de lágrimas. Minha boca repete em círculos o nome de Elsa, sem ir além do murmúrio, depois recupero minha voz numa última esperança.

— Elsa, mostre a eles!

Sinto todos os olhares se voltarem para mim.

O bip continua sua pulsação decrescente. Meus punhos estão tão apertados que minhas mãos já devem estar sem sangue. Em minha cabeça, começou uma contagem regressiva. Dez... Nove... Elsa, acorde... Oito... Sete... Vamos, eu sei que você está me ouvindo... Seis... Você reagiu quando... Cinco... Quatro...

— O que é...?

A voz da moça com quem já cruzei me faz perder a contagem. Acho que é a irmã de Elsa. Mesmo que elas não se pareçam muito, pude descobrir certa semelhança de traços.

— Parece que o ritmo cardíaco dela está aumentando...

Levanto a cabeça. A irmã tem razão, os números no monitor estão mais altos do que os últimos que eu tinha observado. Viro os olhos para os médicos à minha esquerda. Reconheço um deles; é o que me explicou como funcionava todo o aparato eletrônico de Elsa. Os dois parecem perplexos, mas posso jurar ter visto um clarão de esperança nos olhos do médico-residente. Seu superior faz que não com a cabeça, cochichando alguma coisa. O médico-residente se volta para a família.

– Aleatório.

É a única coisa que ele diz. Não quero nunca mais na minha vida ouvir essa palavra.

Só mais uma vez. Uma vez mais. Só mais uma.

Isso se apodera da menor parcela ativa de meu cérebro.

Não ouço mais nada. Desejo só uma coisa.

Quero virar a cabeça e abrir os olhos.

Meu coração para de bater no ponto em que o dela acelera. Mergulho naquele olhar que vi apenas uma vez. Meus lábios se entreabrem em uma respiração comum a todos os que estão no quarto. Tudo suspenso.

Eu sei que os ponteiros do meu relógio continuam girando, mas a imobilidade total de todos os que me cercam, inclusive de Steve, me causa o efeito de parada no tempo. Tenho a impressão de ser privilegiado, eu sou o único a me aproximar dela.

Fecho as pálpebras. Luz demais aqui! Começo a reabri-las lentamente e, nesse momento, ele está diante de mim. Não vou dizer que o preferia como um arco-íris, porque meu cérebro ainda não consegue interpretar todas as cores visíveis. Tudo o que sei é que consegui, e que as palavras dele ecoam meu pensamento.

– Você está aqui.

Eu estou aqui.

Criado por iniciativa da Fondation Bouygues Telecom, o Prêmio Novo Talento é concedido todo ano a um autor, permitindo-lhe publicar seu primeiro romance. Fiel a sua missão de promover a língua francesa e os jovens escritores, a Fundação acompanha e apoia o premiado com seus dois parceiros, *Metronews* e as Éditions Jean-Claude Lattès.

Este ano, os escritores se inspiraram em uma citação de Marcel Pagnol:

Todo mundo pensava que era impossível.
Veio um imbecil que não sabia disso e fez.

Para mais informações: www.lesnouveauxtalents.fr